上海夢模様

森下 薫

文芸社

目次

少々落ちます〝この国のかたち〟

司馬遼太郎の本を最初に読んだのはいつのことか忘れてしまったが、数年を経たのち次に読んだときはその文章の瑞々しさ、輪郭のはっきりした文体に感動し、余暇に読む唯一の愛読書として、また文章作成の手本としてきた。家にいるときは机の上、外出するときはポケットの中、仕事に行くときにはかばんの中に入れて持ち歩き、今では人生の道しるべとして私の精神構造を容《かたち》づくる主な要素でありバイブルとなっている。

以前は本屋に行って「司馬遼太郎」と書いてあったらなんでも買って帰り読んだものだ。しかし落ち着いて眼を凝らし本屋の棚を眺めてみると、彼が直接かかわった小説、エッセイ集、対談もの、講演の編集もののほかに、「司馬遼太郎フェア」とは銘うっているものの出版社が商業主義に走りすぎ、「なんでこの本が司馬遼太郎と関係あるのかな」と考えさせられるいただけないものもある。

小説の一番最後には必ず「解説」があり、著名な先生方の評論が恐ろしく長い文で書かれている。その中には前段の小説よりも面白くて素晴らしいものもあれば、難解な言葉の多用でなにを言っているのか全然わからないものもある。

同じ作家の書物ばかり読んでいると、実際に会って話したことがなくても、おのずからその人物と旧知でもあるかのごとく、活字を通してその人物像が自然と浮き上がってくるものだ。司馬遼太郎がどういう人間であったかはここで述べずとも司馬ファンであれば重々納得ずくであると思う。かく言う私もその一人であると自負をしている。

「司馬遼太郎は、時代とあらゆる場所を縦横無尽に旅することができる時空旅遊人、タイムトラベラーである。幕末、京の近江屋で坂本竜馬の臨終に立ち会ったかと思ったら、十三世紀初頭の中央アジアモンゴル高原に飛び、凱旋したばかりの成吉思汗《ジンギスカン》と共に羊肉を食らっている。どこぞで攫ってきたであろう紅毛碧眼の胡人の舞姫が注いだ馬乳酒で杯を上げ、駱駝の絨毯に深々と身を沈めペルシャの楽曲に興じている。しかし覇王が目を離した隙にはもう大正末期の紀州の奥深い山中に現れ、炭焼きの老人と茶を飲みながら談笑をしている。

彼はただ会うにはとどまらず、その人物を現代の我々の前に連れてきて会わせてくれるのである。我々はいながらにして歴史的な人物と対面することができ、その人物の息遣いから肌の温もりまでも感ずることができるのだ」

とは私の司馬感である。もう少し付け加えると大酒飲みで、相当な女好きであったかと文章の節々から推察できる。この点からだけ言えば普通のどこにでもいそうなおやじである。

医者の不養生ではないけれど、若いときからあまり医者にかからなかったみたいで、とうとう腹部大動脈瘤破裂という大病で他界するわけだけれど、本人がいやがったらなぜ周りの者が病院に無理にでも連れて行かなかったのだろうかと、素朴な疑問を抱くのである。過去に大作家と言われた人の大半は病気で一生を終えている。周りの人が暗にそれを望んでいたとは思いたくないが、生きていたらまだまだ素晴らしい本が書けたのにと思うと腹立たしく悔しい思いがする。

夜寝ていたり、ただ目的もなく歩いていると、思いもしない文章が次から次へと湧き出てくることがある。次の文章も『この国のかたち』全六冊を仕事先の上海で読み終えたとき、休日暇にまかせて上海市内をふらついていたら、突然湧き出てきたものだ。本人としてみれば司馬遼太郎が乗り移ったのではないかと興奮をし、道路脇の薄汚れたベンチに座り込みレシートの裏側に一心不乱に書き留めたものだ。

「少々落ちます〝この国のかたち〟」……ご承知の通り、司馬遼太郎の晩年の秀作『この国のかたち』全六冊は、日本国の根幹をなす、あるいは過去になしえた諸種百般について司馬遼太郎独自の視点に立ち、その包容力のある優しい語り口と、専門家をも凌駕する豊富な知識、子供のような旺盛な好奇心により読む者を離さない。

今ここで思いつくままに書き留めようとしている文章、題して「少々落ちます〝この国のかたち〟」は、司馬遼太郎の著作が日本国の手足をはじめ五臓六腑をも含めた主要器官であるとするならば、その器官を構築する細胞、それを潤す体液、またそこから排泄される汗や糞尿、その臭いをも含む代謝器官だと思っている。

ひらたく言えば『この国のかたち』が優れたエッセイ、評論文、歴史書であるのに対し「少々落ちます〝この国のかたち〟」は、長屋の住人熊さん、八つぁんの目線でごくありふれたことがらを、私なりの考察で司馬遼太郎が書き得なかったジャンルにまで踏み込み、酒を喰らい手足をばたつかせ反吐を吐き、歩きながら立ちしょんべんをするかのごとく綴った少々下品で猥雑な文章に終始している。

『この国のかたち』は六冊目の「歴史の中の海軍(五)」で未完である。しかしここまでで司馬遼太郎の言う「この国のかたち」の外郭は完成したと言ってもいい。こののち別に稿を設ける必要もないほどに幾重にも充分に語り尽くされているからだ。

馬鹿なことはやるなと言う司馬ファンの批判も聞こえてきそうではあるが、おこがましくも『この国のかたち』の続編ということではなく、先にも述べたようにあくまでも庶民の側に立ったこの国のなりたちといったようなものが気楽に書ければと思っている。

上海は今、五十二回目の建国記念の祝賀ムードとAPEC開催(二〇〇一年)準備で、異常なほどの盛り上がりをみせている。

国としての容が形成されたのは世界史上中国が最初である。司馬遼太郎は、私の故郷熊本で「この国のかたち」というタイトル名を決定しその構想を練った。その中で中国というものを基盤においていたのは間違いなかったはずである。なぜならば「日本」という名前そのものが中国から移入されたものだからだ。今、私は彼が愛し終生考え続けた中国にいる。私も理屈抜きで中国が好きである。

昔見たテレビ映画に「夕日と拳銃」というのがあった。満州、今の中国東北地方の大草原を舞台に繰り広げられる戦争冒険活劇で、大陸浪人伊達麟乃助を主人公に、関東軍と蔣介石率いる国民党が雌雄を決するというストーリーであった。男装の中国人女スパイとの恋あり、張作霖との友情ありと、今までの日本映画にはないスケールの大きさで、「怪傑ハリマオ」と同じ頃の放映だったと思う。

大草原に沈む夕日や群馬が砂塵を巻き上げて疾走する様は、多感な少年の頃の私に、中国大陸への熱い想いとロマンを感じさせるには充分であった。「狭い日本にゃ住み飽きた。支那には四億の民があり……」という台詞が思い出される。

夕闇がせまった家の外からは、戦争でも始まったのではないかと勘ぐりたくなるような爆竹の大爆裂音と、悲鳴に近い大人達の怒鳴り声や罵声、笑い声が聞こえてくる。遠くには花火が色鮮やかな大輪の花を描き、横には中秋の名月が魔都を青白く浮かび上がらせ、外灘上空に超然として浮かんでいる。喧騒と静寂が入り混じったなんとも言いがたい陶酔感がたまらなく心地好い。

月餅をかじりながら隣の屋根越しに、出店に群がる人の山を眺めていたら故郷の夜市を思い出した。「少々落ちます〝この国のかたち〟」、ばかなタイトルだなと思いつつ自分らしくもあり少し嬉しくなった。

（二〇〇一年十月一日上海にて）

一年後に読み返してみて「よくもこんなものが書けたものだ」と感心したほど、気合が入った文章だった。しかし考えてみれば『この国のかたち』を読んだ直後でもあり、またそれまで数多くの司馬遼太郎の作品を読んでいたこともあって、充分に感化されていたのは間違いない。

「少々落ちます〝この国のかたち〟」は所かまわず自分の想いが噴き出した所感であり、五十歳を過ぎてもなお人生の目標を見出せない己への腹立たしさ、檄文でもあった。さらに言えば「少々落ちます〝この国のかたち〟」は文筆家になりたいと思っている自分自身への応援歌であり、いまだそれができないでいるもどかしさ、もがき苦しんで発した叫び声と言える。

司馬遼太郎には『街道を行く』という一大叙事詩ともいえる全四十三冊のとほうもない本がある。このタイトルも、私風にアレンジすると「裏街道を行く」ということになる。街道が日のあたる大道であるならば、裏街道はそれ以外の道である。しかし渡世人のそれとは違う。補足するならば街道から外れた通り、その先の横丁、路地、そこから続く田んぼのあぜ道までも含む。

「街道」は歴史的に重要な位置を占めてきた。しかしその日のあたる道から取り残された名もなき道にも街道にはない魅力はある。「少々落ちます〝この国のかたち〟」と「裏街道を行く」は司馬作品を茶化したようにも取られるが、私としてはいたって真面目である。文筆家になろうと思ったとき、最初の本の題名はこの二つにしようと思った。しかし落ち着いてよくよく考えたらとても私の手に負えるようなしろものではない。しかしこの二つをミックスさせたら「弥次喜多ズッコケ道中記」風の滑稽本となり私の気性に合い、地のままで書けないこともない。

十返舎一九作『東海道中膝栗毛』は、ご存知の江戸神田八丁堀の住人弥次郎兵衛と喜多八が、伊勢神宮参拝のため東海道を京、大坂へ上りながら織り成す珍道中を描いたものだ。その後、明治期には仮名垣魯文という者が『西洋道中膝栗毛』を著し当時の世相を風刺した。『東海道中膝栗毛』は一連の道中記の走りである。仕事がら中国上海に行く機会が多いので「上海道中膝栗毛」とでもしようかと思ったが、あまりにも軽すぎるので止めにした。

魔都、上海は一昔前までは世界でも第一級の都市であった。その後文化大革命での沈滞期、混乱期を経て新生中国政府の開放政策のもと、上海は再び世界の大都市へと変貌しつつある。その爆発的なエネルギーと、多くの魅力的な女性が自信を持って闊歩している上海に敬意を表し、タイトルを『上海夢模様』とした。

私の第一作目となる本のタイトルの決定過程を長々と述べたが、これも私の考えを整理し進めていく上できわめて大事なことであった。

中国雑感

中国の高速道路は我々日本人が想像しているよりもはるかに発達し、整備されている。先日、妻が役員をしているコンテナ製造会社の仕事で揚州に行った。上海から高速道路を車で約四時間、距離にして約三五〇キロメートルの所にある地方都市である。旧名を江都と言い、街のどこからでも見える大明寺の九重塔は、少し傾いてはいるものの鑑真和尚が住職として勤行していた唐代の往時を偲ぶことができる。

街のいたる所にある名勝古跡には多くの人が家族ぐるみで住み着き、それを糧として観光客相手に商売をし生活している。日本であれば城の中で寝起きし土産物を売って食っているようなものである。近くには隋代に開削された北京から杭州までの全長一七九四キロメートルにも渡る大運河が走り、今でも水上交通の要所として栄えている。

と、少しそれたが今は道路交通の話をしようとしている。

都市を結ぶ高速道路は四車線で、それ以外は二車線である。日本でいう所の路肩はなく、車線以外に車が一時的に待避できる余裕はない。そこを走る乗用車は、西側先進国の車と同じ車種で性能も良くスピードも出る。しかしトラックとなると比較にならないほどボロである。本当にこんな車がこの世の中にあるのかいな、と思えるようなトラックが平然と我が物顔で走っている。いや走っているという状態ではない。ほとんどのトラックが積載オーバーで、後ろから見たら膨大な積荷で車体が覆われ、荷物だけがごそごそと亀みたいに這って動いているという感じなのだ。

二車線の場合は遅いトラックを少しスピードで上回るトラックが追い越すわけだが、追い越すスピードも遅いので後ろから来ていた乗用車が危うく追突しそうになることも度々である。

日本のトラックは乗用車なみにスピードも出るし性能も良いから簡単に追い越しができるが、中国のトラックはのろのろと追い越しをかけるから危ないことこの上ない。それに輪をかけてドライバーがまったくといっていいほど無頓着で、他の車など眼中にない運転をする。進路変更をする場合も合図はなしで車線変更をするとか、予想もつかない動きをするといったことは日常茶飯事である。また故障やパンクも多く、高速道路の一車線をつぶし真ん中に堂々と停まっている。

高速道路は自動車だけが走っているとは限らない。どこから入ってきたのか、トラクター、耕運機、はては人間までもが歩いている。以前、上海の近郊で見かけたときは、自転車三台が荷台に豚を半分に切断したのを各々に積み、三列縦隊で道の端ではあったが逆走していた。瞬間自分の目を疑い唖然とし、その後大笑いしたことがあった。

中国で車を運転することはまずないと思うが、よほど気をつけないととんだことになりかねない。しかし不思議に思うのは、一般道路を含め高速道路上で人身事故やきわめて憂慮されるような事故現場を目撃したことがないことだ。

上海市内の高速道路上のスピードは実感するよりも遅く、約六〇〜八〇キロメートルであろう。スピードを出したと思っても一〇〇キロメートルが限度で、スピードを出せないくらいに車の数が多いのだ。その渋滞の中を水を得た魚よろしくすいすいと隙間をもとめて入ってくるのである。それも一台二台ではなく次から次である。それがいやで車間を詰めるのであろうが、急ブレーキをかけたら必然的に追突はやむなしである。この手の追突事故は毎日何件となく見かける。なぜこんなに急ぐのかと思うくらいに中国人民はよく車を飛ばす。

一般道路でも同じである。ここ一〜二年道路標識、信号機も整備され、「遵法交通法規」と書かれたプレートが「性病注意」の張り紙と同じくらいの多さで見かけるようになった。当局およびマスコミにより市民への交通法規の啓蒙運動が盛んに推し進められてはいるが、まだまだ守らない人がほとんどで、信号機が赤でも平気の平左、顔色一つ変えずに渡っている。それも絶対に走らない。

車は飛ばすは、人はめちゃくちゃ歩くはで、まるっきり統制がとれてないように見えるが、ここが摩訶不思議なところで、まったく大丈夫なのだ。中国で生まれ育った者だけがもち得る、「あうん」の呼吸なのであろう。見ているほうが追突するぞと心配し身構えても決してあたらない。器が大きいというか、寛容さというか、歩行者も平然としているし、ドライバーのほうも顔色一つ変えずに運転している。「無秩序の中に秩序在り」と言うべきかもしれないが、片方が外国人であればとうていこうはいかないだろう。

中国で車、特にタクシーに乗られた方はお分かりいただけると思うが、そりゃ上海雑技団ではないけれど、ほとんどの運ちゃんは神業に近い運転をする。

それも日本であれば廃車寸前に近い車でである。嘘だと思われる御仁がおられれば是非一度搭乗を願いたい、運転手の横に座ったら五分もせずに泡を吹いて失神することうけあいである。また日本で無謀運転の常習者を罰する法律を新たに作る予定があったら是非「中国で運転するの刑」でも作っていただきたい。日本で我が物顔で運転していた者も、中国の道路を走らせたらハンドルを握り締めるだけで怖くて少しも走れないはずである。そして一言「少しは安全に走れ！」とわめくだろう。

中国人の懐の深さ寛容さということで、少し話を飛躍させたい。

第二次世界大戦が終結し中国から大量の日本人が内地に引き揚げるとき、治安秩序が乱れた中で大勢の子供達が置き去りにされた。そのほとんどが満蒙開拓団や軍人の子供達で、その数は数千人から数万人と言われているがはっきりした数字がない。このことだけでも大人達に特別な事情があったにせよ、親だけが生き延び子供がないがしろにされたという事実は、人類史上希有のことであった（この辺りから今の日本がだんだんと変になっていったという話は別に稿を設けるとする）。

残留孤児は中国でも黒龍江省周辺の東北地方（旧満州）に多い。冬は天空大地が凍りつき、土地は痩せ細り農業には向かない。今でこそ農地改良が進み大穀倉地帯となってはいるが、混乱した終戦の状況下においてはすべてがままならず、飢えは草や木の葉、昆虫、鼠、果ては自分の排泄物までも口にするという壮絶なものであった。口に入るものはすべて食ったというほどに自分達の食料も確保できない土着の民が、まったく関係のない他人の子供を、それも昨日まで敵として戦ってきた国の子供をなぜ引き取り育てたのか。いくばくかの金銭と一緒に預けられた子供もあったかもしれないが、そのほとんどが置き去り同然の子供達だった。

「将来子供が大きくなって日本に帰ったら、子の親から報酬をもらえる」と打算が先行した中国人の養父母はいなかったはずだ。野垂れ死に寸前の子供を目の前にして人間として当然のことをしたまでのことではないのか。鄧小平が推し進めた改革、開放政策で生活が向上したとはいえ、今でも東北地方の農村は貧窮地帯であるのに変わりはない。

一九七二年九月、時の総理大臣田中角栄が訪中し日中共同声明に署名をして日中国交回復が実現した。閉ざされていた門戸がようやく開かれたが、時を経て十年後の一九八一年から残留孤児の肉親探しが始まった。このとき中国側からの肉親を探してくれとの声が大きかったのに比べ、日本の肉親から子供を探してほしいとの声はあまりなかったと記憶する。

政府の肝いりで始まった肉親探しもそう簡単ではなかった。日本には日本人特有の精神的風土病というべき「他人の目や顔色をうかがう自己保身的症候群」というまことに長ったらしいやっかいな病気が日本全土の津々浦々にまで蔓延している。この病には特効薬はない。この病気の特徴は己の思考力から行動まで、少なからず他人にコントロールされてしまうというものだ。感染者は特に高齢者に多い。

戦争孤児の肉親には高齢者が多く、政府の日中両国での事前の聞き取り調査にもかかわらず、いざ対面となると拒否する人やその場に現れぬ人もいた。対面を果たせなかった者は形通りの都内見学をやり、いくばくかの現金をもらい秋葉原で買い物をし、中国へ帰った。養父母は複雑な気持ちながらよく帰って来たと抱きしめたはずだ。そのニュース映像を見て、真の肉親は何を思ったか。

瀋陽の日本総領事館への北朝鮮人の駆け込み事件はまだ記憶に新しい。この事件は一部始終がビデオに収められたという事態が驚きであったが、事件の処理にあたった日本人総領事館員の行動を含め北京大使館の中国大使、果ては事件の真相を調べに行った外務省の高官までもが真実を隠蔽し歪曲したという事実は、日本の国際的な信用を大きく失墜させた。次から次へと出てくる外務省役人の失態が日本人の外務省不信にますます拍車をかけたことは間違いない。外務省職員は原点に立ち戻り、公務員は給料を国民の税金から頂いている国民の公僕だということを再認識し、馬主にはならないでもよいから牛馬のごとく働いて信用を取り戻さなくてはなるまい。それにしても税金で飲み食いし、女まで囲うとはとんでもない話で、国が違えば即刻死刑の重罪ということを肝に銘じなければなるまい。

新聞には毎日のように幼児虐待の記事が出ている。すべてが手遅れになった頃、表に出てくる。電車の痴漢にしても同じだ。周りの人は見て見ぬふりをし、知らぬ顔で押し通す。これが中国であれば幼児虐待をした者は隣近所の人から袋叩きにあい簀巻きにされて肥溜めに放り込まれ、痴漢は周りの者からさんざん殴られて罵声を浴びせられ、一物を踏み潰された挙句にバスの窓から放り出されるのがおちである。文化や人種の違い、価値観の相違があるとはいえどちらが明瞭かは歴然としている。

先に「他人の目や顔色をうかがう自己保身的症候群」の患者は高齢者に多いと書いたが、こうやってみると外務省職員を含め若い人にもけっこういるようである。

中国人は日本人に似ているから考え方も近いのではないかと思ったら大きな間違いだ。民族学的にいったら同じモンゴロイドに属し、顔は黄色で幼児の腰部には蒙古斑があるといった幾つかの共通点は見られるが、言語体系は大きく違っている。中国語はシナ・チベット語族に属し、日本語はアルタイ諸語に属する。どちらかというと文法的に中国語は動詞が先にくる英語に近く、動詞が後にくる日本語の文法構造とは異なっている。

中国の歴史は民族間の殺戮の歴史であり、数千年にも渡って繰り返された異民族との混血の歴史でもあった。上海市内を歩くと腰骨が高く足が湾曲しておらず、背骨をすっと伸ばし、歩く姿も堂々とした女性を数多く見ることができる。顔の輪郭、目鼻立ちがしっかりとして西洋人とみまがうばかりの美人もいるが髪の色は一様に黒い。しかし目の色は多彩で少数民族のウイグル人は別としてブルーに近い人もいる。中国も北に行くほど男女とも体軀が大きくなるようで、大連の女性は概して長身で俗にいう八等身美人が多い。ここは中国でも有名なモデルが多数輩出していることで有名である。中国人はその言語体系、性格、思考方法、身体的な特徴から同じモンゴロイドでありながら日本人よりむしろ欧米人に近いといえる。

いな、私は中国人を黄色い西洋人だとさえ思っている。冗談や話が大好きで暇さえあれば一日中でも話している。それもひそひそ話ではない、体に拡声器でも埋め込んでいるのではないかと思えるくらいの大声だ。電話、写真も大好きで、日本から中国人がすべていなくなったら電話関連の会社が相当数倒産するといった話もあながち冗談ではない気がする。

意志は強固でYesとNoをハッキリと表す。また私的なパーティー、会合には必ずといっていいほど夫婦で出かけ、夫婦の主導権は当然のごとく妻が握っており、三歩下がって歩くとか、黙って耐えるといった日本人がイメージする良妻賢母的な淑やかさはもうとうない。腕力も男勝りといった女性が多く、それよりもその口撃力たるやマシンガン以上の破壊力である。

大人は子供が大好きで他人の子供でも抱き上げ、頬摺りをしたり接吻をする。等々と実に西洋的である。しかも西洋人の思想が利己的、覇権主義的な色合いが濃いキリスト教（本来のキリスト教の教義に反し、時の権力者はキリスト教の擁護、布教を大義名分にし政治目的に利用した）を基盤としているのと同様に、中国人は黄河流域の黄土の中から興った「中華思想」という史上最強の自己中心的な哲学で完全武装をしている。どちらとも自民族中心主義であることで共通している。

その昔、倭人と呼ばれて中国の歴代王朝から夷狄として蔑まれ、冊封によりその身の安泰をはかった古代日本人、あるいは火縄銃を手土産としてもらい比較的すんなりと伴天連を受け入れた近世日本人、そしていまだ国際外交にまったくといっていいほど自主性を発揮できないでいる現在の日本人を見るとき、両者はまったくの異質の人種といえる。

中国には「天空海闊」という言葉がある、人の器が空や海のように広く大きいという意味だ。残留孤児の養父母やその他いたるところに懐が深く寛容さを持った中国人を多く見かける。それでは日本人はどうか。「昔はよかった」と感慨深く回顧できるような歳ではないが、私の祖父母は明治生まれの人間であり、まだまだ古来日本人の精神を兼ね備えた度量の大きい人間であった。場所も保守性が強い熊本だったこともあり、高校卒業までの十八年間はその影響をたっぷりと受けた。そういうことから最近の日本を見ると昔はよかったと言わざるを得ない。

話は逸れるが、中国の義務教育は日本と同じで九年間である。しかし小学校の六年生は中学校の予備学校という意味合いが強く、子供達は五年生の期末試験の結果でこのまま進級できるか、それともレベルの低い学校へ転校するのか決断を迫られる。もちろん成績の良い子供は相当の学校へ転校していくが、六年生のときもがんばらないと希望の中学校へは入れない。義務教育とはいえすべてがトコロテン式ではない。その後もがんばらないと中学校卒業だけで高校入学もおぼつかない。まして大学に入って卒業でもしようと思ったら尋常の努力ではままならないのである。

約十二億人の中から徐々に篩《ふるい》にかけられ優秀な者だけが勝ち残り、国の中枢に吸い上げられていくというシステムは、ある意味では国家戦略であり姿を変えた近代的な「科挙」でもある。これが良いか悪いかはまったく体制の違う国で暮らしている私にはとやかく言えないが、しかし彼らには篩い落とされても次を目指して這い上がっていくという逞しさがある。鄧小平は三回の失脚を経験したのち、ついには国家最高の権力者へと登りつめた。

今さら「昔はよかった」と振り返り感慨を深くしても仕方ないが、日本はいまだ先の見えない混沌とした闇の中にあり、一億二千万人の流浪の旅人を約束の地へと導くモーゼの出現はない。なにをやっても中途半端、そのくせ自信過剰でやればなに一つ物にできないでいる私も、その流浪の旅人の一人であるのには違いない。

中国の交通事情からとんだ話になってしまったが、中国人の長く苦しく圧迫されてきた長大な歴史を考えるとき、どうしてこんなに明るく毎日が元気でいられるのか不思議でならない。

一八五三年七月（嘉永六年六月）、ペリー艦隊が突如浦賀沖に現れ儀礼用に放った大砲の音に驚き、日本は二百年の深い眠りから国そのものが叩き起こされてしまった。「たった四杯で夜も眠れず」と昼夜を惜しみ尊王攘夷、倒幕と駆け巡った幕末から、日清、日露に戦勝しその勢いを駆って西洋の一等国に追いつけ追い越せと奮起した大東亜戦争前までの約八十年間が、軍部が暴走していったということを差し引いてもそれまでの日本のどの時代よりも若々しくかつエネルギッシュであったという事実は、今後の日本人の進む道を考える上で大切な教訓であり、最も重要で貴重な財産といえる。

私感的英語教育論

なぜ日本人は英語が苦手なのか、答えは簡単である。日本人だからである。英語を長年勉強していても喋れない人、今から勉強を始めようとしている人は無駄だからなるべく早くあきらめたほうがよい。日本人は小学校に入るまでは家庭で、小中学校は学校で英語を嫌いになるように嫌いになるように教育を受けているのである。高校、大学でも同じことだ。それが心底身についている以上どんなに英語に大金をつぎ込んでも無駄だから止めたほうがよい。

いま日本は戦後何度目かは知らないが英語ブームだそうである。それも例のごとくマスコミ先導型の消費者誘導戦術にひっかかった老若男女が、なにも分からず自分の意志もないままにはしゃぎまわっているにすぎない。高額の教材を買わされ、三日間も使ったら押し入れにしまい込むという、まことに嘆かわしいことを一生のうちに何度も繰り返している。

英語ブームといっても所詮出版社や専門塾が仕掛けた企業戦略であり、真に日本人の英語能力の向上を目指したプログラムではないということを消費者は自覚せねばなるまい。と結論付けてしまったら先が進まないし、身も蓋もないが、かく言う私自身もまったく同じ経緯をたどりつつ五十二歳に至った現在も英会話はまったくといっていいほどできない。

仕事柄アメリカには何度となく行った。その都度英語のできない自分自身を情けなく思い、よし今度こそ英語を話せるようにするぞとアメリカで八歳ぐらいから十二歳ぐらいまでの子供が読む本をしこたま買い込み、己の英語能力もこの程度ではなかろうかと確信して帰国するわけだけれど、あにはからんや少しは理解できるもののそれ以下のつまり幼児程度の英語力しかない自分を発見し、情けなくなりバカくさくて止めてしまうのである。

それにしても日本にいる外国人はなぜあんなに早く、またかくも流暢に日本語を話すのか。たとえは良くないが飲み屋の外国人の女性と話をすると実に達者な日本語が返ってくる。どのくらい日本にいるのかと聞いてみると三カ月とか半年と答える。それも彼女達は祖国で日本語の教育をまったくといっていいほど受けていないにもかかわらずである。

我々日本人はどうか。義務教育だけでも六年間、大学を入れると実に十年の長きに渡って英語教育を受けているのだ。しかし大学を出てもほとんどの人が英語を話せない。これはもうアブノーマルと言う以上にトワイライトゾーンの世界だ。

なぜ外国人はいとも簡単に日本語を話せるようになるのか。答えは簡単だ、努力するからである。しかしその努力は日本人が片手間で覚える努力とはおのずから違っている。生活のため、飯を食べるための死にもの狂いの努力なのだ。彼女達のプライバシーを覗かれた諸兄もおられるかと思うが、以前お願いして努力の一端を見せてもらったことがある。ノートいっぱいに書かれた虫が這ったようなひらがなを見たとき、彼女の置かれた環境と重なって感動して涙が出る思いだった。

外国に住む日本人とて同じである。上海に住む日本人は流暢な上海語を話すし、ニューヨークに住む日本人はちゃんとしたニューヨーク弁を話す。彼らも日本に来ている外国人と同様に生きていくために死にもの狂いで覚えたのだ。たとえは悪いが、ぶら下がりのおねえちゃんや、基地に依存して仕事をしている人達はこれまた必死で英語を覚えている。やはり片手間で勉強している人や、道楽でやっている人とはその出発点からして違うのだ。

日本国内でなんの不自由もなく、太平楽を言って英語会話を一種のステータスと考えて勉強している人はこの際考えを大きく転換すべきだ。英語圏では乞食でも英語を話している。彼らにはステータスもなにもない。

英語もさることながら、外国にいてその国の言葉を喋れないというのはその国の人から見れば無知蒙昧に等しく、気を遣ってもらった時点から頼りなさを露呈し信用を失ったと思ってもいい。言葉とはそれほどに、見知らぬそれも外国人とコミュニケーションをとる上で最も大事なものである。いまだに外国人に対して精神的な鎖国を取り続けている日本、国際社会はそれを許さなくなっている。それを払拭する最大の武器は言葉である。中国人と話すとき、北京語を喋らなくても片言の英語を話せればそれだけでわだかまりがとれる。英語は国際語であり、ほとんどの外国人は母国語以外に片言の英語ぐらいは話せるものだ。

ブランド名を覚えるのもいいが、外国へ仕事や旅行で行くならば最低でも英語で、あるいはもう一歩進めてその国の言葉で挨拶ぐらいはできるようにしておきたい。

外国人から黄色い猿軍団と陰口を叩かれる日本人、「団体旅行御一行様」とおだてられ、餌あさりよろしくブランド店に突入し、判で押したようにハウマッチ、ハウマッチじゃあまりにも寂しすぎる。

話を元に戻そう。日本人には完璧主義者が多い。それに恥ずかしいとか控えめにとかいう陰気なしぐさや態度が古来から美徳とされてきた。それらが英語を覚えづらくしている要因の一つであるのは間違いない。いきなり英語の教科書を開いて勉強を始める前に、まず因習、慣習に縛られた精神の解放から始めなくてはなるまい。

アメリカ人が英語を話しているからといってそれがちゃんとした文法通りに喋っていると思ったら大間違いだ。我々の耳には綺麗にかっこ良く聞こえる英語でも、平均的なアメリカ人が聞いたらびっくりするようなめちゃくちゃな英語を平気でしゃべっている人も結構多い。マイノリティーと呼ばれる少数民族の人達の中には、自分達の言語と英語をミックスさせたような言葉を使っている人も多い。

日本人は日本に来た外国人が日本語をまったく理解できないのを見ると少し

軽蔑をし、少しでも喋れたらビックリして驚く。我々はそういう思考、感覚の中で営々と暮らしてきた。だから外国人もそうなのだ、と思わないほうがよい。彼らには英語を喋るから尊敬し、理解できなかったら軽蔑するという感覚は皆無である。

英語を喋る外国人、特にアメリカ人と会話をするときにはまったく遠慮はいらない。文法がどうだとか、前置詞がどうだとか、付加疑問文がどうだとか日本語でも意味が分からない難しそうなことがらは一切必要としない。知っている単語を全部言えばいいのである。暇さえあれば単語を覚えることだ。それも難しいのは必要でない。中学校で習った程度のものでよい。中学校で教えているのは大体千八百語程度だといわれている。これを全部覚えたら外国に行ってもまったく困らないくらいに自分の意思を伝えることができる。発音とか文の構成といったものは、場数を踏んだ経験の中で自然と熟成されてくるものだ。

単語は文章を形成する最小単位である。これをないがしろにしての英会話は成りたたない。もし英会話がまだステータスだと思っておられる御仁がおられたら、お金と時間の無駄だから早く止められることをお勧めする。アメリカではステータスのスの字も分からない幼い、洟をたらした子供達が英語を喋っているのである。

アメリカマラソン紀行

二〇〇二年の五月下旬から七月下旬までの約二カ月間、所用でアメリカの東海岸ニューハンプシャー州マンチェスター市に行ったときの話である。

日本では六月の一カ月間、サッカーワールドカップの試合が行われた。その結果は一時間遅れのNHKの海外向け番組で、放映権という理由で試合の様子は見られなかったが充分に分かった。また試合前後のサポーターの狂想曲もニュースの中で何度となくしつこく見せつけられ、日本列島は隅から隅まで「サッカー一色」で埋め尽くされた一カ月ではなかっただろうか。例によってマスコミ先導型の世論操作にはまった人々が寝ても覚めてもサッカー、サッカーと猛り狂っていたに違いない。

試合の映像を見たかったのでチャンネルを回し、スポーツ番組を探し出してみても一向にサッカーのことが出てこない。一カ月間毎日見ていたがただ一度もワールドカップのワの字も放映されなかった。アメリカではサッカーはメジャーなスポーツではないとはいえ、今回のワールドカップ（二〇〇二年）では強豪メキシコを破り、八強に残るほどの活躍をしたのである。なにかしらちょっとでもニュースとして扱っていいと思うのは日本人の私の独り合点かもしれない。この時分、極東で行われている地球の人口の約六割が観戦するというワールドカップの試合で、アメリカチームががんばっていることを知っていたアメリカ人が何人いたことか。

〝隣は何をする人ぞ〟ではないが、アメリカ人はまったくといっていいほど他人の真似もしないし、気にもしない。まして遠い他国で行われていることなどまったくといっていいほど関心がないのだろう。雪が降り凍てつくばかりの日に、半そで姿で歩いても周りの人は奇異な顔をして振り返らないし、どんなに

KAORU !
LAS VEGAS '99 - Rinn
SNACK BAR!

おんぼろの車で出かけても、恥ずかしいとか卑下するという考えはまるでない。人に迷惑をかけなければいいのである。すべてがマイペース、マイウェイだ。

ひるがえって日本を見るとすべてが右へならえで、老若男女すべての人達が日本というちんけな器の中で他人の目を気にしつつせせこましく生きている。大東亜戦争で日本の敗戦が濃厚になりつつあるとき「国民総玉砕」が叫ばれ、アメリカ軍が上陸したら民間人による竹槍部隊で撃退するとし、主婦が割烹着姿に襷がけで鉢巻をしめ、掛け声勇ましく訓練をしていたとき、ロッキー山中の木こりのおっさんはアメリカが戦争しているのをまったく知らなかった、という嘘みたいな本当の話が存在する広くて凄い国である。そんなアメリカで私は寸暇をおしんでマラソンをしている。

私のアメリカでのマラソン歴は長い。といっても住んでいたわけではないので渡米したときに走っているだけである。最初にアメリカに行ったのは三十歳だったので、今の歳から逆算すると、二十二年前の一九八〇年だった。当時は海上自衛隊に勤務しておりアメリカへは船で行った。航程は横須賀を出港し二週間を要してハワイに着き、ここで約一週間休養補給のため停泊したのち、また二週間をかけてアメリカ本土に向かうのである。

航海中は会社の就業規定にあたる「日課」というものに基づいて仕事をしていた。仕事といってもほぼすべてが訓練である。訓練の中に「体育日課」というのがあり、当直で航海に従事している者のほかは各々に体を動かすわけであるが、ほとんどの者が器具を必要としないマラソンをする。もちろん甲板の上を走るわけだから構造物、突起物を避けながらのマラソンである。船の型、種別により一周の距離が違ってくるが大体一〇〇メートル前後だと思う。

普通の道路を走るのと違い、鉄板の上を走るのだから腰や膝、足首などの関節への負担が相当に大きいので底の厚いシューズを履くとか各々に準備が必要である。

走行している船の上を走り回るのだから、普通の道路上をマラソンするのとは違い、いろいろと興味深く面白いことがある。気温が三〇度以上ともなれば甲板は太陽の直射日光で、ギンギンに熱せられたフライパン状態になり、卵を落とせば目玉焼きでもできそうな温度になる。素足になったり布などの遮蔽物を敷かないで腕立て伏せなどをすると水泡ができるほどの火傷をする。

運が良ければイルカや鯨との並走も可能だ。船体が左右にローリングしたり、前後にピッチングしたりするのは当たり前で凪ですべるように船が走るというのはめずらしいくらいだ。

船体が波の影響で傾く度に、走っている者も傾くので注意してないと転んだり、突起物にぶつかりとんだ怪我をする。しかし紺碧のまして大気汚染ゼロという大海原の上を走るというのはまことに気持ちがよく、実際に体験した者にしか分からない爽快さがある。ここには俗にいう「海の香りが心地好い」というのはない。海の香、磯の香というのは、海生物の腐臭とその他汚染物質との混合臭なのであり、それらがまったく存在しない大海原には当然として「海の香りが心地好い」といった甘味を帯びた文学的な表現はない。

日本のマラソンの父と呼ばれた金栗四三は海外に遠征する都度、船上を毎日走ったという。甲板の突起物、構造物を避けながら、それに加え見物人、乗客を避けながらの駆け足だった。我々の楽しみながらの船上マラソンと違い、国の名誉を背負っての必死の船上マラソンだったようで外の景色も楽しむことなく終始したに違いない。ハワイではもちろん外出「上陸」をする。

当時、私の階級は下士官だったので上陸時間は深夜零時までであった。しかし時間ぎりぎりまで上陸できるのではなく、帰艦時刻は十五分前の二十三時四十五分だった。この時刻設定は米海軍も同じで、シンデレラリバティーといって海軍の規則の中でも最も忌み嫌われた。

二十三時四十五分が帰艦時刻なのだから米軍の施設の中で飲むならぎりぎりまで居ても間に合うが、ダウンタウンあたりまで遠出をすると二十二時頃までにはタクシーに乗らないととても間に合わない。しかし二十二時といえば、場が盛り上がっていて一番いい時間帯である。「さあーっ今からだ」というときに各々心を鬼にして帰途に就くわけだから当然面白くない。

すべての者がちゃんと時間を守って帰って来るわけではない。いろいろと個人の事情もあって帰艦時刻をオーバーする者も当然として出てくる。その者達には「上陸止め」というまことに厳しい罰則が待っているのである。船乗りから「上陸」の二文字を取り上げたら、「明日からの希望がまったくない」と思わせるほどの厳しい罰則なのだ。

しかし士官となると事情が違ってくる。帰艦時刻は明朝の定められた時間までで「泊まり」というのが許されているのだ。普通は七時頃までに帰艦すればよかったようで、一晩中飲んで遊びまくっているのだからもちろん事故も兵隊よりも多い。しかしその立場上表にされることもなく、そこそこともみ消されていたみたいだ。

士官といっても金玉にようやく毛がはえた程度の若造から、定年前の禿げ上がったおっさんまでと年齢に幅はあるが、艦長を含め総じてやることといったらまるで幼稚なことばかりで、どう見ても兵隊の範になるような人物は一部の人間味ある士官を除いて少なかった。しかし下士官には優秀な者が多く、これは遠く帝国海軍時代からの伝統といっていい。日本海軍が列強から一目置かれたのは、なにも士官が優秀であったからではなく技術者集団たる、下士官の技量が特に優れていたからにほかならない。また第二次世界大戦後の奇跡的な復興から、その後に続く繁栄まで彼らが日本の牽引車であったというのは周知の事実である。

現実に司令官、幕僚、艦長、士官らがまったく乗艦していなくても船は航行できるし、作戦は可能なのだ。しかし士官にも誇りはある。士官はトイレで水を流すのはその都度、下士官では数回に分けて、兵隊にいたっては溜めた後一回だけ、「糞をするのもお前らと違うんだぞ！」と怒鳴られたかどうかは知らないが、海軍時代から士官室係の「申し継ぎ事項」ではある。

次稿はハワイで上陸したある日の出来事である。


私は先輩と米軍のクラブのドアを押し開け威勢よく中に入ったとたん、耳を劈くばかりの大音量の音楽と、スモッグでも発生しているのではないかと勘ぐりたくなる大量の煙草の煙に圧倒され一瞬我を忘れた。眼がチカチカする中、暗がりに眼が慣れるのに数秒を要した。徐々に見えてきた先にはこの世のものとはとても思えぬ、現世とは大きくかけ離れた酒池肉林の世界が広がっていた。

最初銅像か置物ではないかと思っていたものが動いている。眼を凝らして良く見るとなんと、大男がゴミためを逆さまにすっぽりと胴までかぶり、クラブ内をなりやら大声でわめきながら歩き回っているのだ。それが柱にぶつかりテーブルにぶつかりしてよろけて倒れそうになる度に、店内が一丸となって大爆笑の渦を巻き起こす。こちらでは若い兵隊が女性隊員の胸に手を入れ何やらゴソゴソやっていたと思ったら、やにわにブラジャーを引っ張り出し、それを高々と突き上げる、と同時に周りからヤンヤの大喝采が起きる。女性はと見ると別に怒った様子もなく、それどころか髪を振り乱して大笑いをしている。

我々としたらこの場にまだ順応していないせいもあり、気恥ずかしく早く座って潜みたい気持ちだった。店を一巡してようやく二つ席が空いているテーブルを見つけ、そこに逃げ込むようにして座った。そこではカナダとニュージーランドの若い兵隊が大騒ぎをしている真っ最中であった。

それを無視してビールを注文しようとしたが混んでおり、誰が給仕だかメイドだか判別できるような状況ではない。そうするうちに横の若い兵隊がビールを飲めと言う。喉が渇いていたのと別に断る理由もなかったので、受けることにした。しかし出されたコップはグラスではなく、なんと馬鹿でかい靴であった。それも内側の底の皮が剝がれ、それがビールのなかでゆらゆらと蠢いている。私にはどうみてもそれが水虫の塊としか見えなかった。それを飲めと言う。もともとこの手の馬鹿騒ぎには免疫ができていて少々のことでは驚かなくなってはいたが、意表を衝かれて少しは狼狽し躊躇した。しかし注いだ兵隊のニヤリとした狐面を横目で見たとたん、体中に突撃ラッパが鳴り響き恩賜の美酒とばかりに一気に杯を上げた。と同時に拍手と奇声と口笛が発せられ、いやが上にも気分は盛り上がらざるを得なかった。

時間と共に次々に兵隊達が履いている靴がテーブルに乗せられ、ビールが注がれて何度もテーブルを回った。その都度口をつけ隣へ回した。脳髄も相当アルコールに浸かってきた。こうなったらこっちのものだ。私も靴を脱いでテーブルの上に置いた。とたんに敵国の若い兵隊どもは我も我もと奪い合うようにしてビールを注ぎ、すするようにして飲んだ。

私の靴はごく普通の紳士靴ではあったが、外国の若い兵隊が履いてた靴よりも程度が良く、色も白と青のツートンカラーで綺麗だったこともあり、酔っ払った兄ちゃん達の目にはシンデレラのガラスのハイヒールに見えたに違いない。

靴がようやく手元に戻って来たときにはもうビールでぐちゃぐちゃになり、原形は留めておらず、どうにか履いて帰れる程度であった。しかし気分は爽快で実に気持ちがよく、人影のない公園の端で立ち小便をやりながら受ける南国の夜風は火照った体に心地好かった。しかしおとなしい先輩はというと、椰子の木にしがみついて大反吐を催していた。

アメリカ本土へはハワイから約二週間を要した。霧の中からアメリカの陸地が少しずつ見えてくるときの感動は今でもハッキリと思い出すことができる。場所はカリフォルニア州のロングビーチという所であった。ここでは訓練のため約三カ月間滞在した。仕事の終わった後は毎日といっていいほどマラソンをした。海軍の施設の中だけのマラソンであったが、周囲が一〇キロメートル以上もあり約一時間のコースとしては最良のコースであった。

安全上の理由ということで、軍施設外でのマラソンは許可されなかったが、一度ダウンタウンに遊びに行ったとき、帰りは暇にまかせて走って帰ったことがある。来るときにはバスで十五分ぐらいの距離だったので「走ってもたいしたことはない」と思ったことが間違いであった。なんのなんの、そこに見えている橋桁が走れども走れども近づいてこないのだ。このとき初めて日本との距離感の違いを痛感した。橋桁と私の間には目標となるような大きな建造物はなく、それに空気が非常に澄んでいたためにハッキリと視認でき、近くにあるように錯覚し目測を誤ったと思われる。

また電信柱の間隔や道路幅や建造物が日本の規格よりもすべてに大きく、距離の算定が「日本の約一・六倍にあたるマイル表示」、というのも別な意味で納得できた。それにしてもアメリカで走るのは日本で走るよりも倍も疲れると思ったしだいであった。結局この日は一時間以上もかかって船にたどり着いた。

その後二度ほど船でアメリカへ渡った。今は軍籍とも離れ自分の意志でアメリカへ来ている。ニューハンプシャー州マンチェスター市へは成田からニュージャージーのニューアーク空港まで行き、そこで国内線に乗り換え約一時間十分で行ける行程である。ボストンからはハイウェイで約四十五分の距離だ。

ニューハンプシャー州というのはアメリカ人でも知らない人がいるくらいの相当な田舎街だが、結構魅力があって面白い州である。日本人にいたってはほとんどの人が知らないと思うが、アメリカに少しは関心がある人にも「大統領の中間選挙が最初に行われる州」であるとか、「一九〇五年九月、セオドア・ルーズベルト大統領の仲立ちで、港町ポーツマス市で日露戦争の戦後処理としての講和条約が締結された」ということぐらいしか知識にないはずだ。

その他少し紹介をすれば、西海岸と違いカラードの数が非常に少なく、ニューイングランドを構成する東部六州のなかの一州で、ワスプ（WASP: White Anglo-Saxon Protestant）の本拠地でもある。

その自然は環境の厳しさから文明の進入を拒み続け、建国以前のアメリカ大陸そのままを残し、まさに森と湖の都というべき素晴らしき大自然が太古のままに点在している。五月から六月にかけての初夏にそよぐ風は、草花の甘い香りと文明の汚れがまったくない空気で光り輝き、野と山は緑色のベールで覆われ、湖は真っ青な天空を映し出す。またその堅牢なる地盤を花崗岩が構築することからThe granitestateとも呼ばれている。花崗岩に抱かれた氷河期の湧水はミネラルを多く含み、氷のように冷たく味も絶品である。という所で約二カ月を過ごした。

その間ボストン、ワシントン、ニューヨークを旅した。このとき走る用具（運動靴、ランニングシャツ、ランニングパンツ）をマンチェスター市の滞在先に置いてきたので走れなかったが、どこへ行っても老若男女人種を問わずアメリカ人はよく走っていた。

ボストンのダウンタウンは旧市街を壊し新しい街作りがなされている最中であり、工事で出るほこりとそれに伴って発生する交通渋滞によりマラソンにはあまり適しているとは思えなかったが、市街地を少し離れればサイクリングコースと併用した素晴らしいマラソンコースがあり、観光バスから眺めるのみで走れなくて残念であった。

ワシントンDCの街並みは、ダウンタウンは別として歴史的にも重要な施設のほとんどがモールと呼ばれる緑地帯の中に点在している。あたかも公園の中にいるかの如くで、どの場所もよく整備され、車の数も少なく排ガスもまったく感じられなかった。またポトマック河畔に立つワシントン記念塔がDCのどこからでも見えるようにと、高層の建造物の建設が禁止されていることもあり、上空に圧迫感がなく、走ればあたかも野山を駆け巡っているような気持ちになったに違いない。

ニューヨークの街中は走るのには適さない。しかし人ごみを見事に躱《かわ》しながら走っている人が結構多いのには驚かされた。やはりマラソン用具を持ってこなかったのは失敗であった。華人団体の旅行に参加しての旅だったので時間が取れないと思ったからだ。

ニューヨークで団体と別れて個人で三泊の宿を取った。特に急いでマンチェスターへ帰る理由もなかったのでニューヨークにいることにした。数日間走っていなかったので少しいらついており、その鬱憤晴らしでニューヨークの市街地をよく歩き回った。碁盤の目のように整然と整備された道路は、地図さえあれば目的地に間違いなく誘導してくれた。セントラルパークで走るのもよいが、良く整備されたサイクリング道路がマンハッタン島を一周しており、マラソンでハドソンリバー、イーストリバーを眺めながらのマンハッタン島一周もおつなもんだと思ったしだいだ。

ニューヨークに三日間滞在したその目的の一つは、時間の関係で観光バスの車窓からしか見られなかった「世界貿易センタービル」の跡地をこの目でじっくりと確認することであった。「見学に行く」と言っては亡くなられた故人またはその御家族には失礼であろう。約一年ほど前自宅のテレビで、映画の中の一シーンのように見たあの大惨事がいまだに信じがたく、この眼で確認して真実を理解する以外にはないという思いだった。

現場はテレビの四角い箱を通して見るよりもはるかに巨大で、高層ビルが林立する中にあってそこだけが大きな空間としてぽっかりと穴が空いたように広がっていた。それを総毛立つ思いで見た。真実だけが持つ迫力がそこにはあった。もう完全に瓦礫は片付けられ整備されつつあったが、その傷跡は付近のビルにまで及び、今なお原状回復がなされていないビルが多く見られた。

「世界貿易センタービル」の裏手に建っている教会には多くの人の寄せ書き、写真、Tシャツ、その他、被災で亡くなられた方々に関係のあるありとあらゆるものが塀に掛けられ、または置かれていた。それに見入る世界中から来た観光客の顔はすべて悲しみに曇り、やり場のない怒りに打ち震えているようであった。

もしかくの如き事件が日本で起こったら、政府はどんな対応をとるのかと思ったが、なにせ一九七五年八月のクアラルンプールと、一九七七年九月のバングラデシュで起こったテロで二度も続けて日本赤軍という馬鹿げた組織の圧力に屈し、超法規なるものを急ごしらえして莫大な現金を与え、犯人を逃がしている国である。あほくさいからいらぬ詮索は止めておこう。

余談であるが、私が小学生の頃の校長先生は、日本赤軍の幹部、岡本公三の実父である。小学生のとき校庭で向こうのほうから声を掛けてこられ、何度か短い話をしたことがある。小柄で丸顔の温和な顔をなされていたのを覚えている。亡くなった祖母の話では岡本公三が一連の事件を起こしたのを知り、ご自害なされたとのことであった。とかく教育者の子弟というのは親の跡を継ぐか、反発するかどちらかである。しかしその反発にも程度があろう。岡本校長の無念さはいかばかりであったか計り知れない。

「世界貿易センタービル」の跡地周辺は工事中で危険だということもあり、高さ三メートルほどの目隠しで囲われ、直接見ることはできない。しかしあっちこっちに顔の高さほどのところに直径一〇センチメートルぐらいの穴が空いており、そこから中を覗き込むことができた。

それにしてもアメリカ人の国旗好きには驚かされた。国威の発揚、愛国心の現れということもあろうが、クレーンの最上部から建物という建物、車のラジオアンテナから子供の洋服、果ては愛犬の服までと、ありとあらゆる場所で星条旗がはためいていた。今は日本ではほとんどの家庭で祝日にでも「日の丸」を立てなくなっている。まして車にでもつけて走ろうなら「右翼」にでも間違われ奇異の目で見られるのがおちである。

路上には一畳分程度の出店がいたる所で店を広げており、どれも活況を呈していた。確実にテロの傷跡から物心とも立ち直りつつあった。地図を広げて見るとアメリカ大陸はロッキー山脈やアパラチア山脈周辺を除いては概して平坦地であるかのようだが、平坦なのは西海岸のそれもほんの海岸に面した道路のみで、今回旅をした東海岸はすべて氷蝕作用の影響で、地形が山あり谷ありと起伏に富んでいる。私のようにおじさんマラソンで日頃から平地を走っている者には不向きである。またアメリカの家庭では警備用に大型犬を飼っている家が多く、走っていると不意に吼え立てられ追いかけてくるので家の近辺はなるべく走らないほうがよい。

総じてアメリカは空気が綺麗で走りやすいが距離感がつかみがたく、走りすぎてしまい翌日にまで疲れが残るようである。また空気が乾燥しており、天気の良い日でも走った割には汗をかかず、日頃から美味しくないアメリカのビールも拍車をかけ、小びん一本飲むのが精一杯だった。

マンチェスター市では歳を忘れてよく走った。体軀がアメリカ人から見たら小柄で、派手な色の服装だということもあり、同年代とでも思われたのか車の中から口笛や奇声でよくひやかされた。アメリカ人は見知らぬ相手にでもよく挨拶をする。これは風俗習慣の違う雑多な民族が生活するアメリカならではの光景である。声を発することにより相手を確認し、己も相手に危害を加えないことを表す、といった意味が含まれているのは間違いない。日本人同士が挨拶するのとは少しばかり性格が違う。

あるとき走っていたら向こうから中年男性が歩いてきた。無視して走り過ぎようとしたがニコニコして右手をあげ「ハーイ」と言って挨拶をしてきたので遅ればせながら慌てて「ハーイ」と言って挨拶をした。それからある程度の距離を走り、折り返してひたすら走っていると先ほどの中年男性が歩いてくる。今度はこちらから挨拶をしようと思い、汗をかいた顔に作り笑いをし「ハーイ」と右手を上げて挨拶をしたが、こちらを見てもくれず、完全に無視されてしまった。アメリカには「一度挨拶した人には挨拶はせずともよい」という法律があるのかなと真剣に思ったぐらいにビックリした。

といった楽しい思い出に事欠かなかった二〇〇二年の私のアメリカでのマラソンは終わった。といってこれですべてが終わったわけではない。まだまだ走ってみたい魅力的な所がいっぱいあるアメリカである。

「マンハッタン島一周マラソン」、さあーっ究極のお楽しみはこれからだ。

中国マラソン紀行

中国（上海）へ最初に行ったのは一九九〇年十二月だった。妻の里帰りと病床にある義父に会うためだった。この年の十月には次男も誕生しており、その写真も持参しての初めての中国への旅であった。上海の虹橋空港へ着陸する数分間、雲の間から垣間見える中国の大地は運河が縦横無尽に走り、その周りには広大な畑が広がっていた。悠久の歴史を持つ、少年の頃から「いつかは行ってみたい」と思っていた大地への第一歩であった。

この時期、私はまだ海上自衛隊に勤務しており、外国旅行は勝手にできず、また「対象国」ということもあり心配したが、上級部隊からの渡航許可は比較的すんなりと下りた。しかし直属の隊司令という人物が一風変わっていて、

蘇州市近郊の古刹 霊巌山寺にて（妻 洋子と）

「お前の妻の姉の家の借り方が、爆弾犯のやり口と同じで少しおかしいので調査部が調べている」とか、「上海空港に着いたら誰かに尾行されなかったか帰国したら報告せよ」等々と職務上とはいえ、少々度が過ぎるお言葉であった。この言葉に反発した態度が気に食わなかったのだろう、半年後には自分の職種とはまったく違った夢にも思わない所に転勤させられてしまった。

中国では誰からも監視、尾行、尋問されることもなく無事に帰国することができた。当たり前である。仮にこちらから中国の公安に出向いて「国家機密を買ってくれ」と言っても、この人相風体では取り合ってくれるはずがなく、追い返されていたに違いない。当然そのような大それた物は持ち合わせてはいなかったが。

約束通り「調査」というところに帰国後報告に行った。担当者は頭の毛が薄いということを知っていたので、その頃流行っていた「一〇一」という毛生え薬を持参し進呈したら大層喜ばれた。こういう経緯と自衛隊での目標もなくなり除隊する心の準備はできていた。

一九九六年八月、新たに転勤を命ぜられて赴いた新任地で、退職したい旨を突如申し入れた。赴任した当日だったこともあり担当者の狼狽も甚だしく、すぐには納得してもらえず侃々諤々の末ようやく一ヵ月後に許可が下りた。在任中は人事でいやな思いをすることが多かった私にしては「してやったり」の感だったが、関係のない担当者には迷惑をかけた。そういうことで約二十八年間勤務した海上自衛隊に別れを告げた。退職する一日前には嫌がらせとでも思える「夜間勤務」を申し付けられ、百年の恋も一時に冷める思いだった。

その後は妻が経営している会社に就職し、旅行関係の仕事やらレストランの買収経営やらと忙しく過ごしたが、今は同じ会社内で中国貿易を担当するようになり、ここ数年は会社の仕事と、次男を中国上海に留学させていることもあり年に六度ほどは来ている。

マラソンの用具は上海の事務所に一式用意しており、滞在期間中、暇を見つけてはせっせと市内を走り回っている。中国を走り始めてまだ六年ぐらいしか経過していないが、中国はアメリカとも、また日本とも違う面白い走りができる国である。

中国の朝は早い。夜明けと共に路上ではもう露天市が開かれ活況を呈している。暖気運転なしで早くもエンジン全開百万馬力だ。太極拳を一人でやっている人もいれば、色彩豊かな衣装に身を包みジャズダンスをやっている女性グループもある。

早朝は別として七時から九時ぐらいまでの通勤時間は想像を絶する人の波と、整備不良の車が撒き散らす排気ガスでとても走れる状態にない。朝の喧騒が一段落する十時頃から夕方の帰宅ラッシュが始まる四時頃までが、一応のマラソンタイムである。私は概ねその時間帯に走っている。

中国の交通事情は「中国雑感」に記しているので一読いただければお分かり

になると思うが、日本と違い車は右側通行である。ここまでは車大国アメリカと同じであるが、アメリカが車大国とはいえ「人間が最優先される国家」であるのに対し、中国は「車やバイク、自転車が人間より優先される」というお国柄である。

マラソンをしていて当初面食らったのは右側通行もさることながら、車がどこからでも飛び出して来て、予想もできない動きをすることだった。車の進路予測がまったくできないので走るのを止めて成り行きを見守るのも度々である。歩道を走っていても後ろから来たバイクのクラクションにびっくりしたり、信号が青だからと安心して渡っていると変な所から出てきた車に追い立てられたりするのは普通である。

しかし走っていて交通渋滞がひどいからとか、空気が汚いからといって走るのを止めようと今まで一度も思ったことがない。それよりもむしろ「明日はどの道を走ろうか」と思わせるぐらいに中国の道は魅力に富んでいるのだ。なぜ

豫園でポーズをとる筆者。次々と近代的なビルが建ち、古い建物が消えていく中で豫園商城一帯はオールドタウンとしてよく保存され、観光客が必ず一度は訪れる場所である。

だろうか、普通これだけ道路が混雑し、空気が悪かったらとても走る気がしないはずだが（上海市内に限っていえば）。

中年以上のランナーはどなたでもそうだと思うが、走っている最中は誰の束縛もない自分だけの自由な世界である。スピードを競い合うわけでもなければ強制されて走っているわけでもない。気分転換や健康維持のためであり、それ以外の理由は各々によるが、私ならばそれにビールを美味しく飲めるようにと汗をかきかき自分のペースで走るのだ。

観光バスに乗り、観光地を巡ると概ねその場所の表玄関から入り、座敷に通されまた玄関から出て行くというお決まりのコースでしかない。客には決して裏側の汚れた場所までは見せないものだ。しかし運動靴を履いて土地の人達の目線まで降りると、自然と本来の姿が見えてくる。当然、上海にも裏と表がある。私はどちらかというと、生まれが熊本の田舎町ということもあり、気取った綺麗さよりは少々汚くても生活臭がある所のほうが性に合っている。その

上海のいたる所で露天商を見かけるが、デパートで売られている同じ品物でも10分の1以下というものもあり、見て回るだけでも楽しい。（上海動物園近く）

点、上海はうってつけの場所といえる。

夕方近くなると朝にも増して露店の数が多くなる。ここではおよそ考えられるすべてのものが売られている。帰宅時間帯とも重なって、歩道から車道へ押し出されるほどの人また人の足元で、商売しているのだからさぞかし大変だろうと思うのはこちらだけかもしれない。店主殿には意に介した様子がまるでなく、老大人然として空き箱の上に座り込み煙草を悠然と吹かしている。

　足を止めて眺めている者のほとんどがひやかしだ。目の前で客と店主がなにやら言い合いを始めた。上海語は普通の会話でさえ早口と中国人の持つ肺活量の多さから大声で喧嘩しているように見える。その点九州弁も似たようなものだが、しかしこと金が絡んでくるとそれも一段とパワーアップして摑み合いの大喧嘩でも始まりそうな雲行きだ。周りの者の中には関係もないのに一緒になってわめき散らす者もいる。それをやじうまが取り巻きニヤニヤと見ている。しかし一触即発の状態もある瞬間にはぴたっと収まる。どのようにして妥協しあったかは定かでないが、両者の顔は何事もなかったように元に戻っていた。この間合いと不自然さはとうてい理解しがたく、日本人の感覚からすれば計り知れないものがある。が後味の悪さはない、それよりもこの小気味好さはどうしたことか。

　電信柱の下に煙草屋がある。ガラスのショーケースの中には煙草が十個ほど

露天商はほとんどが無許可で営業をしており、公安に見つかれば全財産没収となる。しかし味は実に美味い。（上海動物園近く）

無造作に置かれていた。店には誰もいなく、天井にぶら下がった裸電球の明かりだけが煌々と路面を照らしている。暗がりの中それを眺めていると、少年の頃、叔父の使いで行った近所の煙草屋を思い出した。「この路地を曲がると友達の家があり、向こうの立ち木を曲がった所にはたしか駄菓子屋があったはずだ」と思わせるほどこの周辺から漂う雰囲気は、私が生まれ育った町そのままである。今は故郷にも存在しない懐かしき町並みと、生活の臭いがここにはあった。

道を隔てた向こう側の歩道では、昼間なにもなかった所に座席数二、三十ほどの俄レストランが出現し活況を呈している。それもれっきとした本物のレストランの玄関先でである。普通であれば「営業妨害だ」と店主が怒鳴り散らすところだろうが、そういった気配はまるでない。不思議なものだ。

余談だが、先日両替に銀行へ行った。窓口で円を元に交換しようとしたら見知らぬ男が近寄ってきて妻に何かを話している。何事かと妻に尋ねると「銀行で両替するよりも率をよく交換する」と言っているという。銀行の中ででである。それにガードマンもいるし行員もそれを見ているのである。結局この男と銀行よりも良い利率で交換できた。いったいどうなっているんだろう。

露店や俄レストランの周辺の散らかり様、またその辺りに漂う臭いは我々からすれば想像を超えたものがある。しかし明け方にはちゃんと綺麗に片付けられている。街ではリヤカーを引き、箒をもった青い作業服の人達が昼夜を問わず働いており、ぶつぶつと何やら言いつつも掃除をしている。

営業許可書を持たない露天商は、正式には営業を認められていない。昼間は警察がトラックで見回りに来る。それを察知したとたん広げていた品物を下敷きの布ごと丸めて担ぎ、蜘蛛の子を散らすように逃げて行く。遅れて捕まったら最後、露店の商売道具一切合財をトラックの荷台に放り込まれて没収となり、警察に連れて行かれた挙句さんざん罵倒されて罰金刑になるからだ。

中国は二〇〇一年十一月にＷＴＯに加盟し、より一層の国際化が求められるようになった。それに二〇〇八年に北京オリンピック、二〇一〇年には上海世界博覧会とその他毎年のように国際的な催しが目白押しだ。近年は特に欧米からの観光客も多くなり、それらを目にさらされることは、国際化を早急に推し進めている政府としては臭いものに蓋でもなかろうが、断固として避けたいところだろう。数千年の歴史を持ち中国人民の生活の一部として機能している露天商も、環境や衛生上の観点から営業を許されなくなっている。しかし庶民はそれを簡単に理解する風でもなく、イタチごっこも中国という国が存在する限り続くのは間違いない。

上海の道路は、中心部の南京路、准海路周辺の混雑した迷路のような道路を除けば碁盤の目のように整備された道路が多い。地理に弱い人でもワンブロックずつ同じ方向に曲がれば必ず元に戻ってこられるので心配はない。私の事務所は上海動物園の近くにある。この辺りは市内の中心地からすると車の量も比較的少ないほうだがそれでも安心して走れる環境にはない。

中国に居を構えて生活しているわけではないが、走り始めて約六年ほどになる。一回の滞在期間は平均で三週間程度、長いときはビザいっぱいの一カ月、短いときは一泊二日というのもあった。この間二日に一度か三日に一度のペースで走っている。二日酔いや体調にもよるが一週間に一度ということもある。コースは自分で三〇分コース、四五分コース、一時間コース、一時間半コース、二時間コース、三時間コースぐらいに分けている。これもその日の自分の体調と相談して決める。一時間コースぐらいまでは、市街地のブロックをいくつ通ったかによって走る時間は決まってくるが、一時間以上のコースとなると郊外に求めなくてはならない。

上海の郊外は人の数は、市内と違い極端に少なくなる。しかし車の量は地方からアジア最大の経済都市、魔都上海に向かう出稼ぎ労働者を満載したボロボロのバスや、建設資材を積載量の二倍以上に積んでいるのではと思われる整備不良のガタガタのトラック、その他多種多様の車で常に混雑している。道路は整備されているとはいえ上海市内と比べると格段の差があり、マラソンで走る歩道も用心しないと穴に足を取られ転んだりする。風が少しでも吹けばほこりで目が開けられないほどで、これに車の排気ガスが加わればもう鬼に金棒だ。

「どうしてこんな所でマラソンをするのか」と上海人の知人によく言われるが、「面白いから」としか答えられない。実際その通りだからだ。

上海の名誉のために少し付け加えると、上海市内及び郊外はこんな所ばかりではない。近年開発が活発に行われている黄浦江をはさんだ対岸の浦東地区は、ニューヨークのウォール街を彷彿とさせるビジネス街で、国際的な会議場、それに隣接した高級ホテル、観光施設、上海人民政府関係の建物等々が林立していることもあり、上海市内よりも環境整備には特に力が注がれ生活環境も一段とよい。街中は交通量も少なく空気も綺麗でマラソンに適した道路も多い。少し田舎のほうに行けば信号機もあまりない直線で一〇キロメートル以上もある舗装道路とそれに付随した自転車道がいくらでもある。

上海では昼のマラソンで汗をかき、夜は気を遣って汗をかく。上海には遊びに来ているのでもなく、頻繁にマラソンをしているからといってそれが主ではない。もちろん仕事をしに来ている。中国でのビジネスは、初めて来る外国人のビジネスマンにとって理解しがたい部分が多々ある。郷に入っては郷に従えで、中国でビジネスを展開しようとすればすべて中国式でなければならない。

中国のビジネスは現場、現物、書類の確認もさることながらほとんどの取引、契約が食事の間に決定されてしまう。本人が北京語か上海語ができなければ自分の意思を的確に中国側に伝達できる通訳も必要だが、それ以上に大事なのは人柄だ。明るくユーモアがあり酒も飲めたほうがいいに決まっている。酒を拒絶したり、投げられた煙草を吸わなかったり、憮然として押し黙っているようでは、もうそれだけでビジネスは破談したと思ってもよい。

日本人にも酒豪を自慢にしている人がいるが、中国人と競争はしないほうがいい。中国式の乾杯は最初の一回だけではない。食事の間中何回もする。「乾杯」はすべて飲み干すという意味だからグラスの中すべてを飲まなくてはならない。

最初はビールで、場が盛り上がってくると「白酒」という透明の地酒が登場する。銘柄にもよるが度数は普通四〇度以上もある。弱い人はグラス一杯でフラフラになるほどの強い酒だ。調子に乗って飲んでいると、とんだ不覚を取ってしまう。

中国料理の配食の特徴は、日本料理が各々に配膳された料理を一人で独占的に食すのとは違い、中央に回転台を配しそれにところ狭しと置かれた料理を、丸テーブルに着座した全員が箸でつついて食べるのだ。遠くにある食べたい料理もそのうちに回ってくるから心配はいらない。レストランで食べるときはすべてコース料理だと思ってもいい。前菜の品数も多く、「これで全部かな」と思って食べていたら、次々と運ばれてくる料理に圧倒され、宴半ばで箸を置いてしまうことも稀ではない。もしここで相手の気を損じたり話がこじれるようなことがあればお開きとなるが、話が進むようなら二次会へ突入ということにあいなる。

日本を含め資本主義の国ではなんにつけてもお金が最優先であり、それがあれば大体のことは解決する。中国も近年は拝金主義になりつつあるが、それよりも重要なことは「人脈」である。人と人との繋がりを最も重要と考えている国でのビジネスは、良い人脈がなかったばかりに、莫大な資金を投入しても成功しなかったという事例はいくらもある。しかし人脈があれば極端な話、資金がまったくなくてもビジネスはできるのだ。我々からすれば嘘みたいな話だが中国とはそういう国である。中国語を話せない私はその後のビジネスの展開をあまり心配したことはない。私の中国での仕事は「幇間《たいこもち》」だと自覚しているからで、後はもう人任せである。

私はかれこれ六年ほど上海市内を走り回っているが、まったくといっていいほど、私以外にマラソンをしている人を見かけたことがない。事務所の近くで一年ほど前に、その人相風体からアメリカ人と思しきおじさんが走っているのを一度見たきりで、日本人はおろか中国人でさえほとんど目にしていない。上海在住の日本人はともかく「中国人民は運動が嫌いだ」と早合点するのも少し違うらしい。

先日、妻の親戚の人が運転する車で、上海市内から南へ約四〇キロメートルの所に位置する朱家角という所に行った。中国の古い田舎のたたずまいを今に残した水郷地帯で、街の中央を幅二〇メートルほどの運河が貫いている。その両岸には今にも壊れそうな古い建物が立ち並び、それを結ぶ半円状の石橋の上では地元の人達が魚を売っていた。夜ともなれば建物の輪郭だけが浮かび上がるライトアップがなされ、暗がりの中幻想的な雰囲気をかもし出している。

目的地は朱家角ではなく、ここからさらに車で十分ぐらい走った所にある運動公園である。親戚の人が気晴らしにとカヌー競技見学に誘ってくれたのだ。

入園して初っ端から驚いた。なんとアメリカ海軍の航空母艦が入港しているのだ。飛行甲板には艦載機が数機着艦しており、満艦飾でその上レーダーのアンテナまで回転している。瞬間、長江から運河をさかのぼりここまで来たのかと正直思ったぐらいだ。しかし眼を凝らしてみると艦載機はミグ戦闘機だった。

車から降りそばまで行くと「なんだ」ということになったが、人造池に据えられセメントで作られたダミーの大きさといったら並じゃない、本物とまったく同じほどの大きさに作られていた。船内は子供達の教育施設として利用されているそうで、他にもこういった施設がこの運動公園には数多くあるそうだ。

カヌー競技やその他ボート競技用にも長さ三〇〇メートル、幅約一〇〇メートルのコースが競技用と練習用の二面用意されている。ボートコースの周囲は良く整備されており、周囲六キロメートルほどの周りを大勢の老若男女が走っていた。私は中国に来て十二年、走り始めて六年になるが中国人がこれだけまとまって走っているのを見たのは初めてだった。やはり行くところに行けば運動をやっているものだと感心し感動した。

中国はその経済成長率の向上とともに生活環境の悪化も加速している。建設工事現場から発生する多量の粉塵、整備不良車が撒き散らす排気ガス、処理もなされないまま大気に放出される工場の煙突の煙。それらが酸性雨となって地上に降り注ぎ、新築の綺麗な建物も一、二年で「築後十年は経過している」と思わせるくらいに老朽化を早める原因になっている。

そういった中を私は走り回っているのだから体に異常をきたさないとも限らないが、人間は自然物や人造物の崩壊や劣化するがままの物質とは違い、常に体内で細胞の活性化と老廃物を排泄する新陳代謝がなされており心配は必要ない。それにしても鼻毛の伸び方が早いのには驚いた。

今上海は五十三回目の「国慶節」を迎え、一部の個人営業の商店を除き公共機関、大手の会社、工場などはすべて休んでいる。全国規模で施行された約一週間の休日で、交通渋滞も比較的解消され空気も良くなっており、マラソンにも絶好のコンディションだ。秋晴れの下、大勢の人が行楽で街に繰り出している。それを掻き分け掻き分け、迷惑顔を見ながら走るのもまた中国でのマラソンの楽しみ方である。

マラソンの話と平行して、随所に空気汚染に関する思いを書いたが、上海で執筆している今は外で呼吸をするのもなんだか息苦しくなるような気になっている。上海の空気の汚れ方は本当に年々悪化していて、この先どうなるのだろうかと心配してしまう。今後環境悪化の度合いによっては我慢して走らず上海市内からの脱出も考えているが、なるべくなら大好きな街並みを見ながら今まで通りに走りたいものだ。

上海の地形は、長江河口のデルタ地帯に開けた場所だけに一般に平坦で山や丘はなく、自転車やマラソンには最適の場所といえる。

また中国は飼い犬の規制が厳しく、一部の余裕のある家庭を除いてほとんどの家にはいない。また放し飼いは絶対に禁止なので、走っていて犬に追われることはまずない。

今日も朝から天気が好い。青空を見ているだけで体中を血が駆け巡り力が漲ってくる。午前中残暑を思わせる暑さの中一五キロメートルほど走った。汗をいっぱいかいてシャワーに入り、昼飯を食べ、ビールとグラスが冷蔵庫でギンギンに冷えているのを確認して夕刻を待つ。次にくるものは、汗をかきがんばった者だけに与えられる神からの贈り物だ。さあ至福の時はもうすぐだ。今夜もビールが美味いぞ。

日本マラソン紀行

マラソンと呼ばれるような走りを始めて今年で四十六年になる。といっても自分で好き勝手に走り回る「おじさんマラソン」には、公式の記録も何もないので一方的な数字になってしまうが大体こんなもんだ。

では「マラソンと呼ばれるような走り」とはどんなものか。日本語には、走る動作を言い表す幾つかの言葉があり、走る距離によって使い分けられている。例えば短距離の場合には短距離走、かけっこ、走りっこ、駆け足であり、長距離になると長距離走、持久走、遠距離走となる。

これらの言葉も小学校の低学年から高学年、中学校、高校へと年齢が高くなるにつれて使い方が変化し、それにつれて走る距離も違ってくる。個人的には小学校の低学年では概ね八〇〇メートル以上、高学年で一五〇〇メートル以上、中学校で三〇〇〇メートル以上、高校生より上の年配は五〇〇〇メートル以上が長距離走、つまりマラソンではないかと解釈している。

この距離を目安にして、私のマラソン年数を割り出すと、現在五十二歳で小学一年のときが六歳だったので、引き算をすると四十六年間となる。小学校二年生のとき近所の畑に西瓜を取りに行き、見つかって鍬を持ったばあさんに追いかけられた。子供ながら直接家に逃げ帰ったらやばいと思い、家とは逆のほうへ逃げた。これも八〇〇メートル以上あったのでれっきとしたマラソンだ。

私の小学校低学年の頃の体育の服装は一応は定められていたが、靴はというとほとんどの子供達が裸足だった。運動会でも運動靴を履いている子供は珍しいくらいで私も小学校二年生くらいまでは裸足だった。靴は持っていても「運動で使ったら早くボロになる」と親から言われていたのも一因かもしれない。「馬の糞を踏んで走ったら速くなる」ということで、運動会の前日に馬の糞を踏みつけて家に帰ったら、祖母に散々怒鳴られ追い出されたことがある。

小学校三年の頃になって白い布切れにゴム底をくっつけた程度の「駆け足用地下足袋」なるものが流行った。一日使ったらお釈迦になるほどの粗悪品だったが、履いているだけでなぜか駆け足が早くなるような気になったものだ。この時分は誰もがズックと呼ばれる紐のない靴しか履いておらず、底が厚く紐が付いている運動靴は高価なこともあり珍しかった。金持ちの家の子供は下校するときには履いてきた運動靴が見当たらず、泣きながら上履きで帰る者もいた。

小学校では毎年一度、二月の極寒のときに二年生以上のマラソン大会が開かれた。私は負けず嫌いと、走ることには常日頃から自然を相手に慣れ親しんでいたので苦ではなく、二年生から六年生を通して常に上位に入った。中学校では水泳部に所属していたが冬はよく走らされた。

この頃のマラソンコースといえば車の量が少なかったとはいえ危険だという

ことで一般道路ではなく、畑を突っ切る農道だとか昼なお暗い神社の横や川の土手を走るといった、今で言うクロスカントリーに近いものだった。雨上がりの駆け足では長靴で走る剛の者もいて、今では考えられないようないでたちで走っていたようである。

高校では陸上部に籍を置いた。頭でご奉公するタイプではないと自覚していたので、三年間は勉強よりも運動にエネルギーを費やした。専門は四〇〇メートルでそのきつさは筆舌に尽くしがたいほどのものだった。三〇〇メートルぐらいから「股割れ」という現象が起こり、股が上がらなくなり思うように前に進まなくなる。その上無酸素状態に陥り息もできないくらいに苦しくなる。四〇〇メートルの勝敗はほとんど最後の直線一〇〇メートルで決まる。

四〇〇メートルのランナーの体型は他の短距離走者と比べると、胸板が厚く肺活量に優れている。中学校のときに平泳ぎをやっていたことがよかったのかもしれないが、高校の三年間は実によく走らされ反吐が出るくらいに鍛えられた。

卒業する前に体育の教員が「お前どこへ就職するのか」と聞いてきたので「自衛隊です」と答えたら「そんなところに行かず競輪をやれ、儲かるぞ」と言った。後になってそうすればよかったと思ったときにはとうに歳は過ぎていた。しかしこの三年間に鍛えられて味わった苦しみとそれを乗り切り勝ち得た自信は、その後の人生にどれだけプラスになったか計り知れない。

高校を卒業してすぐに、迷いもなく海上自衛隊に入隊した。国防がどうのこうのといった難しいことでなく、単純に高校二年のときに見た真っ白い制服に憧れての入隊だった。その後思うところがあり四十六歳のときに退職したが、在任期間約二十八年のほとんどは仕事をしながら半分は自衛隊内の運動選手として過ごし、自分としては満足し充実した自衛隊生活だった。

会社で仕事をするようになり運動する機会も減ったが、週に最低二回はマラソンをするということを念頭に今もそれは実行している。現在は埼玉県の上尾市内に居を構え落ち着いてはいるが、それまでは仕事の関係で転居の連続だった。

十八歳で実家を出て現在の自宅に落ち着くまでの間、相当数居を替えた。佐世保から横須賀に移り、自衛隊を退職して西武新宿線の東伏見、その後、上尾市のホテル内にあるレストラン「玄貴楼」を買い取り近くに永住地として家も建てた。その都度佐世保から連れてきた大型の庭犬のために不動産屋を駆け回り、犬を飼ってもよい物件を探して回った。

結果は庭が付いている一軒家となり家賃も高くついたが、その分周りの環境も良く、今まで入居した家はすべてマラソンにも適した場所にあった。それだけでも飼い犬に感謝しなければならない。この雄犬も十六年間家族と苦楽を共にしたが、二年前に老衰で逝ってしまった。犬の臨終は誠に清々しく、誇り高くかつ感動的ですらあった。死んだ飼い犬への想いと責任を持って飼育する大変さもあり、この後は二度と犬は飼わないと「名犬ロン」の写真に誓ったものだ。

なぜマラソンをするのか、理由はいたって簡単だ。ストレスの発散や運動不足の解消であり、いつどこででも道路さえあればいとも簡単にそれもただででぎるからだ。装備はというと夏であれば、運動靴にランニングパンツとランニングシャツのたった三つだけだ。費用も並の物であればすべて五千円以内でそろってしまう。これをバッグに入れて仕事や旅行で移動する都度持ち歩いている。

昨年四年ぶりに故郷熊本に帰った。場所は健軍という小さな町で、近くには幕末の開国論者横井小楠の碑がある。ここは、西郷隆盛の誘いで、坂本竜馬が妻おりょうと新婚旅行に行った薩摩からの帰りに、盟友小楠に会いに立ち寄った所として知られている。ここからは阿蘇の中岳、また根子岳をはじめとする外輪山、そしてその山麓に広がる広大な田畑を一望できる。そしてその間を縫うようにして幾筋もの川が熊本平野に潤いを与えつつ有明海に向かって流れているはずであった。がその中の一つ木山川の支流で通称「流れ」と呼んでいた清流が消え失せていた。

熊本市の南部に位置する上益城郡に「六嘉村」という所があった。随分昔に近郊の村と合併して六嘉町になったそうだが、ここはローマオリンピックの一〇〇メートル背泳で銅メダルを獲得した田中聡子が出た所でもある。

ここら一帯には阿蘇山系に源を発する伏流水がいたる所から噴き出し、透明度の高い飲料に適した池が多く点在する。ここの井寺という地域に、一千年の歴史をもつ熊野座浮島神社がある。見渡す限りの田んぼの中でここだけが小さな森を形成し、社と社務所を包み込んでいる。そしてこの神社を取り囲むように、地元の人達から「浮島さん」と呼ばれ親しまれている広さ三万平方メートル、一日の湧水量が公称一五万立方メートルという清冽な湧水池がある。

「流れ」と呼ばれた川はここを水源としていた。少年の頃はここで一日中泳いだり、釣りをして遊んだ。川中には見た目にも鮮やかな「タイリクタナゴ」や

浮島さんを20年ほど前に対岸からスケッチしたもので、この風景は今はない。(筆者画)

大型の「テナガエビ」などの貴重な魚類も多く生息しており、「農地整備で川が失われた」と聞かされたとき、一抹の寂しさと、熊本県の土木関係職員は当時としては聞き慣れなかったであろう「環境アセスメント」という言葉を「自然環境を汗をかきながらセメントで塗り固める」の意味に履き違えたのではないかと思い疑ったほど腹が立った。

それ以外にも都市開発の名のもとに、あちこちで地べたが掘り返され、田んぼがアスファルトの道路で切り裂かれ、昔転がり遊んだ土手には昼間だというのに原色のイルミネーションもけばけばしいラブホテルがおっ立っていた。「うさぎ追いし彼の山、小鮒釣りし彼の川」の風景はとうに失われており、まさに故郷は遠くなりにけりの思いだった。

私は熊本県でも指折りの盆暗高校を出た。学生数が四千名以上というマンモス校で、その分「悪ごろう」も多く高校一年のときに「退学者数全国第一位」という輝かしい珍記録を作った。退学理由は「煙草を吸った」とか「服装や態度が悪く、校則に反した」といった、今の高校生と比べたらまったく比較にならないほどかわいいものだった。

二年生のとき、学生が総員参加する「阿蘇登山マラソン」というのがあった。当日サボって来なかった者を差し引いても三千名以上は参加した。チャーターしたバスも優に八十台を超えており、これだけでも一地方都市としては大きなニュースだったに違いない。

登山マラソンは、八合目ぐらいから中岳のほぼ頂上までの登山道路を一〇〇〇メートルほど駆け上がるもので、スタートラインは山の斜面にほぼ直角に横へ一〇〇メートルほど引いてある。しかしそこは溶岩や山の地肌が剝き出しになっており、手で撒いた程度の石灰は乗りも悪くそれに真っ直ぐではない。場所によっては一〇メートルぐらい差があるのではないか思われる個所もあり、甚だしい者はスタートの前から相当上のほうまで登っている。

一〇〇メートルのスタートラインに三千名がひしめいてはいるが、真剣に走ろうという者は運動部員以外には少なく、ほとんどの者が「学校の行事なので仕方なく参加する」という程度のものだった。しかし爆竹の合図で約三千名の若者が奇声を発しながら同時に駆け上がる様は実に壮大で、遠くから見たらあたかも戦国時代の一大絵巻を見る思いであったに違いない。

人数も多く道幅の狭い登山マラソンはスタートでほぼ順番が決まってしまう。百番以内に入ったらメダルがもらえるのと、陸上部だという気概もあり早々とスタートラインに陣取り、爆竹の轟音一下前の者を引き摺り下ろす勢いで真剣に走った。結果は何番だったか忘れてしまったが、メダルはもらった。それは高校のときにもらった唯一のメダルで、ガラスケースに入れ帽章と共に今も大切にしている。

母校の校名も変わり女子も入学するようになり「蛮カラな校風」も消え失せた。タレントのコロッケさんが後輩というのが唯一の自慢である。この頃に比べたら熊本も随分と変わりいろんな面で便利になった。しかしどうも「自然環境と共存する」というのは苦手なようだ。

先の「浮島さん」にしても一帯が公園化されてしまい大きな道路も通り、店屋も出現して駐車場が作られている。池には人口の島まで設けられてまったく昔のイメージはない。商業主義に走った結果だと思うが自然をそのままに残し、手直しは最小限に留めそれを後世に残していくという考えには乏しい。

マラソンと自然環境は一心同体だ。空気が汚い所は概してマラソンには適していない。中国の上海と同じく、日本の大都市の環境汚染は劣悪を呈しマラソンに適した場所とは言いがたい。しかしそこから一歩離れると風光明媚な白砂青松が広がる運動公園やサイクリングコースなどがよく整備された地方都市も多く、また総じて運動が好きという国民性もあり、マラソン環境はいたって良い。

佐世保にいたときは原分町から弓張岳まで走って登り、九十九島を見ながら裏道を鹿子前の栈橋まで駆け下りた。長崎では夕刻、飽の浦から稲佐山まで駆け登って長崎の夜景を楽しみ、横須賀では城ヶ島往復や観音崎周辺を駆けまわった。東京の東伏見ではサイクリングコースを多摩湖まで往復約二〇キロメートルを随分と走った。今は自宅から片道約四十五分の所にある荒川土手まで気が向けば走っている。

考えてみれば三十代よりも四十代のほうががんばって走ったみたいだ。今は五十代となり少しはくたばりかけてきたが、その思いはますます向上している。平均して週二回のマラソンも一年に一度長距離を走るためのトレーニングでもある。

四年前に急に本州縦断を思い立ち実行に移した。もちろん一度で走ることのできるほどの距離ではないので何度かに分けてということになる。一年目は新木場まで電車で行き荒川沿いを飲料水を背負い、約五二キロメートルを上尾まで走った。十二月だったこともあり日が落ちるのも早く、妻が心配して警察に連絡しようと思ったそうである。途中足が上がらなくなり歩くよりも遅いスピードで約八時間を要した。

二年目は高崎から上尾まで走った。上尾から高崎だと少し上り坂になるので、電車で高崎まで行き上尾までの七〇キロメートルの緩やかな下り坂を約十時間かけてこれも歩くようなスピードで走った。八月の真夏でもあり、疲労を避けるために深夜のマラソンだった。

以後はこの距離に懲りて一日の走行距離を三〇キロメートルにしようと思っている。サポートもない一人旅であるし、コンビニがあるのにこしたことはないので当然ひと気のある幹線道路ということになる。今の仕事の状況からいつ完走できるか分からないが目標があるだけでも楽しくなる。

先にも述べた通りマラソンは金もかからないし、時と場所も選ばず実に簡単にできる手頃なスポーツといえる。しかし束縛されたマラソンは好きではない。今まで一度たりともマラソン大会と呼ばれるような競技には参加したことがない。

仕事で都合がつかないという理由もあるが、それよりも試合日が設定されそれに向けて体調やいろんなスケジュールを合わせていくという過程がどうもいやなのだ。高校のときの陸上部と二十八年間の自衛隊の勤務で散々拘束と束縛をうけてきた反動かもしれないが、今のところマラソン大会等の競技に出るつもりはない。

私にとって「マラソン」とはただ走るという行為だけではなく、生きている証であり人生そのものだ。走る間にほんの一瞬でも走りに「集中」できればストレスは解消され、気分は爽快となる。

この歳になれば健康が気になってくる。同年代の者同士が集まれば自然と「健康」の話になってしまう。健康診断は年に一度は受けているが、五十歳を越えてからとたんに健康診断の結果の数値がいくつか正常値を越えるようになった。コメント欄に「もう少し運動をしましょう」とあったがこれ以上運動やマラソンをしたら、健康になるどころか通り越して体を悪くしてしまう。健康を維持するというのは歳をとるほど難しくなるみたいだ。

四十代までは意外と体を酷使する走りをした。五十代になり今はもう少し楽な気持ちで走ろうと思っている。真っ青な空の下空気汚染のまったくない大自然の中を、握り飯を入れたバッグを背負いあわよくば虫の音でも聞きながらトコトコと走りたい。

「おじさんマラソン」はスタートしたばっかりだ。何歳まで走れるか分からないが、気力がある限り走り続けたい。「マラソン」は私のライフワークである。アメリカ、中国と書いてきたマラソン紀行もこの日本編で一応最後となる。走ってみてそれぞれ特色のある走りができた。

アメリカは広大な地形のため距離感が摑めず、思いのほか長い距離を走ってしまいがちでよく息切れをした。

中国の上海では排気ガスの多い街中を走り苦しい思いはするが、大らかな国民性の中国人を見ながらのマラソンは気持ちが和み、なぜか元気が出て存外気持ち好く走れる。

日本は真っ直ぐ走ったら海に落っこちてしまいそうな小さな国で、自然環境も大柄なアメリカや中国と比べたら箱庭程度でしかない。その分だけ走りもせせこましくなるが、私としては生まれ育った国でもあり一番性に合っていると思う。

しかしまだニューヨークのマンハッタン島一周や中国大陸の内陸部のマラソンも残っている。それを果たしたらこの続きを書くということで一応筆を置くことにしたい。

九州弁について

わたしはここ十五年ぐらいは東京近郊に居を構え、東京都内を活動の場としている。自分では服装や態度、話す言葉まで一応都会風だと思ってはいるが、仕事の関係で会う初対面の人にときどき「九州出身ですか」と言われ、ギクリとすることがある。

なぜかと尋ねると、アクセントやイントネーションが関東人とは違い、訛りも若干入っているという。そういう本人も九州出身だったりすると仕事の話はそっちのけで、初対面であるにもかかわらず幼友達や旧知であったかのごとく雑談で盛り上がるものだ。当初むつかしいと思われたことも、方言を交えて話すことでかえって信頼を得て、順調にいったということも再三あった。しかしこれらもいいことばかりではなく、暗に田舎者と見られてくやしい思いをしたこともある。田舎者だと自分で思うぶんにはまだ許されるが、他人からそういった目で見られると無性に腹が立つものだ。

方言でも九州弁、東北弁はアクが強くて矯正するのは難しい。特に九州はその俚言を好しとする土地柄だけに、方言は小さいときから骨の髄まで染み込んでいる。熊本は九州の他県よりも、保守的な精神や思想が強く残っている所だ。私がいた頃は男女同権などというものはないに等しく、男子がすべてであり話す言葉も男らしくなくてはならなかった。

学校で先生に標準語などで話そうものなら「気が狂ったのか」と言われるのが落ちで、先生からして相当に訛っており、「ちゃんと熊本弁でしゃべれ!」と怒鳴られて標準語から方言へ反対に矯正させられたこともあった。当時熊本では「標準語」を話す者は「女々しい奴」とか「のぼせもん」といった風に思われていた節もあり、それが「標準語」を意図的に避けていた理由であったかもしれない。

熊本では高校を卒業するまでの十八年間を「熊本弁」にどっぷりと浸かって過ごした。「三つ子の魂百まで」と言われるように、若い時分に体内に後天的な遺伝子として取りこまれた「方言」は何十年たっても、健忘症になっても、死ぬる直前まで決して忘れることはない。これが「方言はその人のアイデンティティー」と言われる所以だろう。

十八歳で実家を出て仕事をするようになってから、休みで故郷に帰るか旧友と話す以外はほとんど「方言」は喋らなくなった。しかし遺伝子として取りこまれた「方言」は時として鎌首を擡げてくる。方言にひたっていた年数よりも「標準語」を話している年数が何倍も多いにもかかわらず、時折ラジオやテレビから流れてくる九州弁を聞くと、とたんに懐かしさでいっぱいになり、全身に血潮がたぎり胸が熱くなる思いがする。

私は言語学者ではないので「方言」を学術的に考察できないが、常日頃から方言というものに関心を持ち自分なりにいろいろと考えてきたのは確かである。それを改まって文章にしようとするとなかなか焦点が定まらず、何をどうやって書き進めていいのか皆目見当がつかない。しかし十七年この方公私ともに中国とは関係が深く、知人も多い上に関心はいたって高い。そのあたりを糸口にして、考えを整理し解していきたいと思う。

中国にも方言と呼ばれるものはある。しかし日本人の我々が思う方言とはだいぶ趣を異にしている。外国人（日本人も含む）によっては中国すなわち中華人民共和国を、中国人という一民族で構成された単一民族国家だと思っている向きもある。しかしユーラシア大陸の東半分を占める中国には、言語、風俗、習慣が異なる五十六の少数民族がいる。

大まかに見てもミャンマー、ラオス、ベトナムと国境を接する雲南省にはタイ族やペー（白）族など三十五余の少数民族、海南島にはミャオ（苗）族、東北地方には朝鮮族、満州族、内蒙古にはモンゴル族、中国の西の端に位置する新疆にはトルコ人に近いウイグル族、またロシアとの国境には金髪で碧眼のスラブ民族、体制は違うが台湾には高砂族（高山族）が暮らしている。

しかし民族数の多い割には人口は少なく、中国の全人口の一割ほどでしかない。残りの九割以上は漢族で占められている。そのぶん漢族の話す言葉の数は多く、大きく大別して次の「七つの方言」に分類される。

北京や旧満州と呼ばれた東北地方で主に使われている北京語。長江下流の沿海地方で使われている上海語。南部の広東省や広州、香港を中心とする一帯で使われている広東語。福建省の南部一帯で使われる福建語。広東省や中国南東部の特定地域だけで使われている客家語。主に長江中流の重慶を中心とした地域で使われ、湘とよばれる湖南語。江西省一帯で使われる贛《カン》と呼ばれる南昌語である。

先に「七つの方言」と書いたが、これは後世の識者が言語学的に分類し定義づけしたものにすぎない。中国の言葉を常に肌身に感じている私に言わせたら、「七つの方言」は各々に独立した固有の言語に近い。事実、北京語だけしか話せない人には上海語や広東語はまったく通じないし、他の言葉同士でも同じことだ。中国人に言わせるならば同じ中国語でありながら「外国語」なみに難しく、分からないそうである。

一九四九年、中華人民共和国が成立し、一九五六年に北京語を基本にして人為的に作られた「普通話」が共通語として定められた。以降は学校で「普通話」が教育されて公の場で使用され、家庭ではそれぞれの民族の言葉が使われている。

今でこそなんのためらいもなく自然に話されている「北京普通話」や、日本語の「標準語」、英語の「キングズ・イングリッシュ」は元をただせば一地方の方言だった。北京語は東北地方（旧満州一帯）や北京の役人の間で広く使われていた言葉であり、日本語の標準語は東京の山の手周辺の中流階級で使われていた東京弁である。

イギリスの標準英語であるキングズ・イングリッシュはイングランド南部の貴族が使っていた英語である。北京普通話とキングズ・イングリッシュは権力者が勝手に国の「標準語」としてしまい、日本の標準語は首都が東京になったために自然とそうなった。ではなぜ、広東語や福島弁あるいはアイルランド語がその国の共通語になり得なかったのか。答えは簡単だ。それらを話す人達は権力闘争で敗れた者であり、中央には上がれぬ憂き目にあい、言葉までもが蔑まれて脇に追いやられ「方言」として扱われるようになったためである。

そのような歴史的背景があるからこそ、都会の者からすれば「方言」というと極力避けて通りたがるし、地方出身者はそれを覆い隠し、いかにも都会生まれのように立ち居振る舞いたがるものだ。しかし東京の銀座通りを歩いている人の九割方は地方の人だという。その人達から田舎者よばわりされたらもう立つ瀬はない。

九州弁は九州で満遍なく使われていると思ったら間違いだ。九州でも九州山地の東側にある大分県と宮崎県の方言は、九州弁よりもむしろ四国地方で使われている土佐弁や関西弁に近い。福岡県の北九州市や博多近辺の言葉には多分に関西弁が入っている。これは西廻り海運の影響で、江戸時代から明治の初めまで大坂と関係が深かった名残であるのは間違いない。鹿児島弁は他の九州弁とは違い護国のために人為的に作られた言葉だ。それにくらべ、土着の民が頑固であったために外部の影響をあまり受けなかった長崎弁、佐賀弁、熊本弁が古い形態を残した純粋な九州弁といえる。

一般的に九州に生まれ育った男衆を「九州男児」というそうだが、実際はそうではない。鹿児島は薩摩藩の時代から九州の他藩とは一線を画し、ほとんど交流を絶っていた関係で独特の気風ができあがった。若い男達を「兵児（へコ）やにせ」と呼び、男衆を特に九州男児とは言わない。大分県や宮崎県は、歴史的にも九州各県より、関西や四国地方との関係が深く、農業人口よりも商売人の数が多いくらいで気質も銭勘定に細かい関西人に近い。

博多どんたくで、ふんどし一丁の若衆が奇声を発しながら檀尻を引き回す姿や、火野葦平の自伝的小説『花と竜』に描かれた仲仕の組頭の人物像。それに「小倉生まれの玄海育ち」と歌われた、「無法松」富島松五郎の性格、また筑豊の炭鉱で働いていた労働者、あるいはそれを雇っていた旦那方の豪放磊落な気性は、本来九州人が持っていた、剛毅朴訥な性格とは違う。博多や北九州市一帯で行われる檀尻祭りや、破天荒で、喧嘩っぱやく、人情味があって、涙もろいという風俗や性格は、どちらかというと関西や大阪の河内あたりの影響が強い。佐賀や熊本に近い一部の地域を除き、福岡県人の男子はその気質や喋る言葉から九州男児とは一線を画す。

以上はまったくの個人的見解だが、もう一つ言わせてもらうと、九州でも比較的純粋な九州弁を喋り古来九州人の気骨を受け継ぐ佐賀県人、長崎県人、熊本県人の男子が真の九州男児といえる。

数年前、偶然テレビで「ばってん荒川」さんを見た。司会者の顔からして東京のスタジオでの録画だと思われたが、「およね婆さん」の衣装で、番組での会話は終始熊本弁で通された。司会者が方言を理解していようがいまいが、堂々たる態度で熊本弁を話されるのを見てびっくりし、我を忘れ見入ってしまった。

「花の東京のど真ん中でなんと丸出しで喋っている！」

あまりの感激に見終わってからすぐにテレビ局に電話をし、連絡先を聞いて感想文を送った。

「方言は文化です。恥ずかしがらず堂々と喋るべきだ」等々の内容だったと思う。そしたら一週間もたたぬうちに本人直筆の返事が届いた。まさか返事がくるとは夢にも思っていなかったので嬉しくて実家に電話をしたら「嘘ばっかしゆうな」で終わりだった。

返事は「拝啓　梅雨の蒸し暑い日が続いております。お手紙拝見させていただきました。方言は文化である旨感激いたし、賛同します。拍手！　拍手！（以降省略）」旨、したためてあった。この手紙と、同封されていた本人が歌っておられるＣＤは私の宝物として今でも大事に取っている。

ばってん荒川さんは日本でも有名な喜劇女優だ。いや俳優である。普段は九州で活躍をしておられて、演ずる「およね婆さん」のキャラクターと、九州弁を縦横無尽に使い、見る者を笑いの渦に引き込む芸は、若い人からお年寄りにまで人気は高い。

私が小学生の頃、秋祭りの催しで近所の公園によく「ばってん劇団」の小屋がかかった。登場人物は、ちょうろく、およね、彦一、おても、といった民話からとったような名前であり、演目も決まってドタバタ喜劇で台詞のほとんどはアドリブに近かった。この劇団の魅力は何といっても台詞がすべて熊本弁で親しみやすさがあったことと、観客のヤジに反応した役者が芝居そっちのけで、決まって観客と口喧嘩をやった。観客にしてみればそのほうがかえって芝居よりも面白かったのも一因ではなかったか。

後に熊本放送に「ばってん劇場」というレギュラー番組を持つようになったが、気づいたときにはなくなっていた。番組の終わりには「劇団員募集」の案内があった。この頃、私は本気で劇団員に応募しようと思っていたが、十八歳で熊本を出たために果たせなかった。

その「ばってん荒川さん」の功労はなんといっても「九州弁」を映画やテレビを通して全国区に押し上げたことではなかろうか。久しぶりにテレビで拝見し、昔と変わらぬ豊満なボディーと、美貌を保っておられたことに安心をし嬉しくなった。

九州弁や日本各地の方言を喋っているのはなにも日本に住んでいる者ばかりではない。戦前、政府の棄民政策、いや移民政策によって海外に移住していった人達の子供や孫達は今でも親の出身地の方言を喋っている。

ハワイは沖縄出身者が多く、カリフォルニア州は九州、カナダは近畿地方、中南米は東北や九州の出身者が多い。これらの地では日本語の標準語はあまり使われていない。はっきり言って必要がないのだ。自分達のテリトリーで暮らしていくぶんにはその国の言葉も必要ではなかった。

海上自衛隊にいた時分、船でアメリカのロングビーチに行ったときに日系人の人達から、出身県別にパーティーへ招待されたことがあった。会場での会話はすべて方言だった。標準語を話しても一世や二世の人達にはほとんど理解してもらえなかった。一世の人達と方言で話していて、本場熊本では既に死語になっている方言の言葉や単語を発見し、嬉しい思いをしたこともある。

方言は、物事を論理的に考えたりそれを文章にするには適していないと言われる。しかし方言には標準語にはない多種多様な語彙がたくさんある。標準語では言い表すことができない事柄でも、方言を使えばいとも簡単に言えることもある。論文でも公式文書でも裁判所の判決文でも学校の教科書でも、方言で書けば記述者の思うように自在に書けるはずだし、冷たく無感動な文章にも温かい血が流れるはずだ。とは少々無理な話ではある。

九州で暮らしている中国人は、九州弁を使うし、大阪にいるアメリカ人は関西弁を使う。その他、日本の地方で暮らしている外国人はその土地の方言を当たり前のごとく喋っている。生まれも育ちも日本の地方出身の私とは比較はできないが、彼らが卑下することもなく堂々と方言を喋っているのを見るにつけ、周りの目を気にしつつ本来の自分を覆い隠し、都会風ぶって暮らしている自分がおかしくもあり、情けなくなる。

もう少し自然体で自分を出せばいいのであろうが、実際にあらゆる場面で方言を使おうものなら、すべてがストップするか、支障をきたすのは間違いない。こうやって考えると、やはり方言はメジャーな言葉ではなく、地方から外に広がることはないように思われる。

上海語や広東語は言語学的には中国の一方言だと言われているが、北京語が中国の普通話とされる前までは、それでもって統治者は治世を行い、公文書を作成していた。九州弁を九州語としメジャーな言葉とするには、九州を日本から独立させるか、自治権を与え一切合財を九州弁にするしかない。

中国の「方言」の話からついには九州を独立させる話にまでなってしまい、いささか常軌を逸したようにも思えるが、私としてはいたって真面目である。

しかし、こういうことはあまり表に出さず子供が大事な宝ものを隠し持つように、自分の気持ちの中で思うのに限るようだ。

昨年、四年ぶりに故郷熊本に帰った。我々の年代以上の人達は当然方言を話すが、若い人は方言に標準語をミックスさせた変な言葉を喋っていた。

地方でも方言は立場を失いかけている。このまま行けば地方から完全に方言が消えうせ標準語に近い言葉に変わることは目に見えている。

「方言は文化」だ。この文化を守って行くためにも子の親は、家庭ではちゃんと方言を教えてやらねばならない。それが地方に生まれた者の使命だと思う。

あとがき

私は映画で渥美清が演じる「寅さん」が好きである。アメリカに行っていたときにもテレビでやっていたし、中国では北京語の吹き替えでしょっちゅうやっている。今でこそ映画のソフトはＤＶＤやＶＣＤといった映像も綺麗で長時間視聴が可能な媒体となっているが、数年前まではヴィデオテープが主流だった。しかしそれ以前は個人で見るならば八ミリ映写機であり、少し多人数であるならば一六ミリ映写機であった。どれもここ二十年間の話である。

私が二十代の頃海上自衛隊の船に乗っていた時分は一六ミリ映写機しかなく、航海中は夕食後よく食堂で映画をやっていた。いろんなものが上映されたが、やはり一番人気があったのは「フーテンの寅さんシリーズ」だった。しかしこれも厚生課からの貸し出しで映像は悪い上、途中でよくフィルムが切断した。それも一番盛り上がっているときになぜだかよく切れた。そのとたん若い映写係りが古参兵からぶん殴られたのはいうまでもない。今となれば良き思い出である。

日本人は概ね映画の「寅さん」が好きだ。おっちょこちょいで、優しく、涙もろくて、明るく、その上元気で男気がある。と良いことずくめだが考えは少し浅い。この愛すべき性格は本来日本人の誰もが持っていた。しかし昨今は違う。「寅さん」とは似ても似つかない無感動な人種が大手を振って我が物顔で歩き回っている。平気で我が子に暴力をふるい、政治家は国民の血税で肥え太り、学校では教師自らが国旗を引き摺り下ろし、国歌斉唱を拒絶している。ハッキリ言ってこんな変な国は世界中捜しても日本以外にはない。心ある者は誰もがこの乱世を憂えており、近未来の日本の国家存立そのものにも危惧をいだいている。

しかし日本にはまだ「寅さん」型の人間は社会の隙間隙間に隠れるようにして生きている。かく言う私もその一人だと自負しているが、「寅さん」と少しばかり違うところは、「寅さん」は女性によくもてるが、私にはあまり縁がないということぐらいだ。

今回初めて随筆程度のものを書いた。その目線は「弥次さん喜多さん」であり「寅さん」であった。常に彼らとは目の高さが同じであり、価値観も似たようなものだから人に気兼ねなく、肩に力が入らずに自然体で書けたと思っている。

「少々落ちます〝この国のかたち〟」と「裏街道を行く」を合わせて「上海夢模様」としたのは相当に押しつけがましく、不自然であったが若輩者としてご容赦いただきたい。私は文筆家ではなく、仕事の合間に執筆をしているだけである。これだけの文章でも約一年半を費やした。次回はいつになるか分からないが、少しずつでも書き溜めて今回を上回る量と内容にしたいと思っている。

著者プロフィール
森下 薫（もりした かおる）
昭和25年熊本市に生まれる。
熊本第一工業高校卒業後、海上自衛隊に入隊。平成６年、海上自衛隊を任意退職。
現在、泰洋インターナショナル株式会社の専務取締役として、中国ビジネスに精力的に取り組む一方、埼玉県上尾市の上尾第一ホテル内で中国レストラン「玄貴楼」を経営している。
海上自衛隊予備自衛官でもある。

上海夢模様

2003年６月15日　初版第１刷発行

著　者　森下 薫
発行者　瓜谷 綱延
発行所　株式会社文芸社
〒160-0022 東京都新宿区新宿1－10－1
電話 03-5369-3060（編集）
03-5369-2299（販売）
振替 00190-8-728265

印刷所　株式会社ユニックス

ISBN4-8355-5738-7 C0095